Exit West

Mohsin Hamid

西への出口

モーシン・ハミッド

藤井 光 訳

CREST BOOKS

Shinchosha

西への出口

EXIT WEST

by

Mohsin Hamid

Japanese translation rights arranged with Mohsin Hamid
c/o William Morris Endeavor Entertainment LLC., New York
through Tuttle-Mori Agency, Inc., Tokyo

Original Jacket Design by Rachel Willey
Design by Shinchosha Book Design Division

ナヴェドとナシームに

第一章

難民で膨れ上がってはいるが、おおむね平穏な、少なくともあからさまに戦争にはなっていない街で、若い男が教室で若い女を見かけ、だが彼女に話しかけることはしなかった。そうして何日も経った。彼の名前はサイード、彼女の名前はナディアだった。サイードはあごひげを生やしていたが、しっかりと伸びたあごひげではなく、ひげを短くそろえてきっちり保っているという程度であり、ナディアはいつも、のど元のくぼみからつま先まで、流れるような黒いローブで身を包んでいた。そのころ、服装にも髪型にもそれなりの制約はもちろんあったとはいえ、人々はまだ好きなものを着ることができたため、その服装には何らかの意味があるはずだった。

地獄の縁でよろめいている都市で、若者たちがまだ学校に通っているのは奇妙に思えるかもしれない——ふたりが受けていたのは、企業価値の創出と商品のブランディングについての夜間授業だった——が、都市であれ人生であれ、世の中とはそういうものだ。私たちは、ある瞬間にはいつものようにだらだらと雑事をこなしていたかと思えば、次の瞬間には死にかけているものであり、終わりがつねに迫っているからといって、それで私たちのはかない人生の始まりや歩みが止まることはない。ついに終わりが訪れるまでは。

ナディアの首にあざがあることに、サイードは気がついた。黄褐色の楕円形のあざで、ときおり、ごくまれにだが、彼女の脈に合わせて動いていた。


それに気がついてからほどなくして、サイードは初めてナディアに話しかけた。ふたりの住む街はまだ大規模な戦闘を経験していなかった。銃撃戦が何度かあり、そしてときおり自動車が爆破され、音楽のコンサートで大型スピーカーから発せられるが耳には聞こえない振動のように胸腔で感じられただけだった。サイードとナディアはすでに本をしまい、教室から出るところだった。

階段を降りていきながら、サイードはナディアのほうを振り向いて言った。「あのさ、よかったらコーヒーでもどうかな」そして、ほんの少し間をおくと、彼女の保守的な服装を考えて控えめな印象を与えようと「食堂で」と付け加えた。

ナディアはサイードの目をしっかりと見つめた。「日没後の礼拝はしないの?」

サイードは精いっぱい親しげな笑顔を作った。「飛ばしてしまうときもある。残念だけど」

ナディアの表情は変わらなかった。

サイードはにこやかな表情を崩すまいとして、落ちる運命《さだめ》のロッククライマーのように高まる絶望感を抱えつつ、どうにか粘った。「個人的なことだと思う。どんな男にも、自分なりのやり方があるし。えっと……どんな女性にもね。みんな欠点はあるよ。それに、とにかく――」

ナディアはその話を遮った。「私は祈らない」

引き続き、サイードをじっと見つめた。

そして、「また今度にでも」と言った。

サイードが見守っていると、ナディアは建物を出て学生用の駐車場に歩いていった。黒い布をすっぽりと頭までかぶるのかと思いきや、あちこちにかすり傷がついた１００ccほどのオフロードバイクにロックしてあった黒いヘルメットを着け、バイザーをかちりと下げてバイクにまたがると、低く抑えた音を上げつつ、しだいに濃くなる夕闇のなかに消えていった。

翌日の勤務中も、サイードの頭からはナディアのことが離れなかった。サイードの勤め先は、屋外広告の設置を専門にしている代理店だった。街のいたるところに自社所有の広告板があり、それに加えてレンタルする看板もあり、さらにバス会社やスポーツスタジアムや高層ビルの所有者などからスペースを借りる契約も取りつけていた。

代理店は改装したタウンハウスの一階と二階をオフィスにしていて、十人以上が働いていた。サイードは最若手のひとりだったが、上司から気に入られ、地元の石鹼会社の広告を考える仕事をもらっていた。それを五時までにEメールで送らねばならない。サイードはいつも、インターネットでかなりの下調べを行い、なるだけ顧客に合わせた広告案を提示しようとしていた。「物語も聞き手がいなければ話にならない」と上司はよく口にしていて、サイードにとってその言葉は、代理店が顧客のビジネスをしっかりと理解したうえで、かれらの身になってものを見ているのだとわかってもらうことを意味していた。

だが、その日、広告案の作成が大事なのはわかっていたが——高まりつつある政情不安のせいで景気は失速気味で、顧客は経費の節減として屋外広告を切り捨てたがっているようだったため、どの広告案も手を抜くわけにはいかなかったが——サイードはどうしても集中できなかった。代理店が使っているタウンハウスの小さな裏庭に生えている木は、剪定が入らないまま大きくなって日光をすっかり遮ってしまったため、芝生は土の地面にちらほらと顔を覗かせているくらいになり、上司が屋内を禁煙にしているせいで、そこに午前のタバコ休憩の吸い殻がちらばっていた。その木の上に鷹が巣を作っているのを、サイードは見つけていた。鷹は疲れることなく巣作りを続けていた。ときおり、すぐ目の前の高さで風を受けてほとんど静止していたかと思うと、翼をほんのわずかに動かすか、翼の先にある上向きの羽毛を動かすだけで、さっと向きを変えていく。

サイードはナディアのことを考えつつ、その鷹を眺めていた。

ついに残り時間もあとわずかとなったとき、サイードは大急ぎで広告に取り掛かり、過去に作った広告からコピーしては貼りつけはじめた。選んだ画像のほとんどは石鹼とは関係がないものだった。原稿を上司に持っていき、引きつった表情を押し隠してデスクの上にすべらせた。

だが、上司はどこか上の空で、サイードの様子には気がつかなかった。プリントアウトした原稿にいくつか細かい修正を書き加えただけで、どことなく沈んだ笑顔でサイードにそれを返すと、「これで送信しろ」と言った。

その表情には申しわけなく感じさせるものがあった。もっといいものを作ればよかったと思った。

サイードのEメールを顧客がサーバーからダウンロードして読んでいるそのとき、遠く離れたオーストラリア、シドニーのサリーヒルズ地区では、肌の白い女がひとりで眠っていた。彼女の夫はパースに出張中だった。その女は丈の長い夫のTシャツと結婚指輪だけを身につけていた。胴と左脚は、肌よりもさらに白い上掛けで覆われていた。右の脚と腰はむき出しだった。右足首のアキレス腱近くのくぼみには、神話上の小さな鳥の青いタトゥーがあった。

その家には警報装置がついていたが、そのときは作動していなかった。それを取りつけたのは彼女ではなく、そこを「ホーム」と呼んでいた前の住人たちだった。かれらは都市の再開発によって地区が現在のように高級住宅街になるまでそこに住んでいた。眠る女が警報装置をセットするのはほんのたまに、たいていは夫が家を空けているときだったが、その夜は忘れていた。地上四メートルの高さにある寝室の窓は、わずかに開いていた。

ベッドのそばにある机の引き出しには、半分残った避妊用ピル（最後に使用したのは三か月前、夫妻がまだ避妊していたときだった）、ふたりのパスポート、小切手帳、レシート類、コイン、鍵、手錠がひとつ。そしてまだ嚙んでいないチューインガムが包み紙にいくつか入っていた。

クローゼットに通じるドアは開いていた。彼女の部屋はパソコンの充電器と無線ルーターの光を浴びていた。だが、クローゼットの戸口は暗く、夜よりもさらに暗く、長方形の完全な闇、闇の奥だった。その暗闇から、男がひとり姿を現してきた。

その男も黒かった。黒い肌と、羊毛のような黒い髪だった。手で戸口の両側をつかみ、かなり苦労しつつ体をよじっている様子は、重力に抗って、あるいは巨大な潮の急流に抗って体を引き上げようとしているかのようだった。頭に続いて、張り詰めた筋の浮いた首が現れ、そして胸、ボタンが半分外れて汗に濡れた灰色と茶色のシャツが見えてきた。突然、男はその奮闘のさなかにぴたりと止まった。部屋を見回す。眠っている女、閉じた寝室のドア、開いた窓を見る。また力を振り絞り、どうにか入ってこようともがいたが、それはすべて必死の無言のなかでなされていた――深夜、路地の地面で、喉をがっちりとつかむ二本の手から自由になろうともがく男の沈黙。だが、この男の喉は手でつかまれているわけではない。彼は人に聞かれないことだけを願っていた。

最後のひと押しで男は抜け、生まれたばかりの子馬のように震えつつ床にずり落ちた。疲れきり、そのまま横になっていた。息が荒くならないように。そして体を起こした。

目がひどくぎょろついた。そう、ひどく。いや、それほどひどくはなかったかもしれない。ただ周囲をちらりと見やり、女やベッド、部屋を見ただけなのかもしれない。危険な状況になることも珍しくはない環境で育ってきたその男は、自分の体がもろいものだと心得ていた。ほんのちょっとしたことで、人は肉の塊に変わってしまう。殴られた場所が悪かったか、銃弾が当たった場所が悪かったか。ナイフが刺さったところが悪かったか。曲がってきた車、握手のときについた細菌、たった一度の咳。人ひとりなど無に等しいことを、男はよく知っていた。

眠る女は、ひとりで眠っていた。彼はそのそばにひとりで立った。寝室のドアは閉まっている。窓は開いている。男は窓を選んだ。一瞬のうちにそこを抜け、なめらかな動きで下の通りに着地した。

オーストラリアでそれが起きているとき、サイードは夕食のために焼きたてのパンを買って家に帰ろうとしていた。サイードは自立心があってきちんとした教育を受けて職もある独身の成人男性であり、当時のその街に暮らす自立心があってきちんとした教育を受けて職のある多くの独身の成人男性の例に漏れず、両親と一緒に住んでいた。

サイードの母親には、学校の教師のような凛とした雰囲気があり、実際にかつては教師だった。父親には、どこか途方に暮れたような大学教授の風情があり、実際に彼はそのときも大学教授だった。とはいえ、定年退職の年齢を超えていて客員教授の職に就かねばならなかったせいで、かつてほどの給料ではなかった。ほぼ一世代前には、サイードの両親はともに立派な職業を選んでいたのだが、ふたりがいた国の状況は立派な職業人たちによってむしろ悪化してしまうことになる。安全や社会的地位とはまったく縁遠い仕事だった。サイードが生まれたのはかなりあとになってのことだったため、妊娠していると思うかと主治医に訊ねられた母親は、なんと癪にさわる質問かと思ってしまったほどだった。

一家の住む小さなアパートメントがある建物は、かつては美しく、いまは崩れかけているが華やかな装飾のファサードは植民地時代にまで遡るものだった。かつての上層階級地区、いまは混みあった商業地区にある、もともとは広いアパートメントを分割した三部屋の家には質素な寝室が二部屋あり、残る一部屋は家族が座って食事をとり、団欒を楽しみ、テレビを観る場所になっていた。この三つ目の部屋もさして大きくはなかったが、背の高い窓がついていて、狭いとはいえ便利なベランダからは、下にある路地と、並木通りと、その先にあってかつては日の光を浴びて水をほとばしらせていた噴水が見えた。より平穏で繁栄していた時代であれば、そうした眺望はアパートメントの価値をさらに高めてくれただろうが、紛争の時代となると、戦闘員たちがこの地区に侵攻してくれば重機関銃やロケット砲をまともに食らってしまうためにむしろ避けるべき条件になってしまう。いい見晴らしとは、ライフルの銃口を正面から見つめているようなものだ。立地、立地、立地、と不動産業者たちは言う。地理は運命を決める、と歴史学者たちは応じる。

じきに、一家の建物のファサードは戦争によって蝕まれることになる。戦争が時そのものを加速させたかのように、一日の死傷者数が十年分の数字を上回っていく。

初めて出会ったときのサイードの両親は、初めて出会ったときのサイードやナディアと同じ年齢だった。恋愛結婚だった。家族が手はずを整えての紹介ではなく縁のなかった者同士が結婚することは、ふたりの周囲でもあるにはあったが、それでも珍しかった。

ふたりは映画館で出会った。聡明な王女についての映画の途中休憩のとき、サイードの父親がタバコを吸っている姿を母親はこっそりと見て、映画の主演男優にそっくりだという思いにはっとした。似ていたのは偶然ではなかった。少し内気で、本の虫だったとはいえ、サイードの父親は友人たちにならって当時の映画スターやミュージシャンを真似た格好をしていたのだ。ただし、近視なうえに内気な性格でもあった彼は、心底から夢見がちな表情になっていた。そのせいで、サイードの母親は、彼が主役に似ているだけでなく、主役そのものだとまで思ってしまった。彼女は思い切って近づいてみることにした。

サイードの父親の前に立つと、彼女はすぐに友達と話しはじめ、意中の人には目もくれなかった。彼はその様子に気がついた。話を聞いていた。勇気を出して、彼女に話しかけた。まあそういうこと、と、あとになってなれそめを語るときのふたりはよく言った。

サイードの両親はそろって読書好きで、それぞれ違う意味でも議論好きでもあり、交際をはじめたころには書店でこっそり待ち合わせることがよくあった。のちに結婚してからは、家の外にいるときにはカフェやレストランで、天気がよければ家のベランダで一緒に読書して午後を過ごした。父親はタバコを吸った。私は吸わない、と母親は言っていたが、彼が吸うのを忘れたまま持っているタバコの灰が信じられないくらい長くなると、よく彼女はタバコを指からそっと取り、灰皿に軽く当てて短くして、かなりうれしそうに深々と一服し、うやうやしく彼に返した。
　ふたりの息子がナディアと出会ったときには、両親が初めて出会った映画館も、よく通った書店も、お気に入りだったレストランもカフェも、ほとんどが姿を消してからかなり経っていた。街から映画館や書店、レストランやカフェがなくなってしまったわけではなく、かつてはあった店の多くが閉まっていたのだ。両親の思い出の映画館は、コンピューターや関連機器を売るショッピングセンターになっていた。建物の名前は映画館時代から変わっていなかった。どちらも所有者は同じであり、有名だった映画館の名前はそのまま施設のあだ名として残っていた。ときどき通りかかり、新しいネオンの看板にその古い名前を見つけると、サイードの父親も母親も、昔を思い出して微笑むか、思い出に立ち止まった。

　サイードの両親は、婚礼の夜までセックスをしなかった。サイードの母親のほうはあまり気持ちよくないと思ったが、彼女のほうが熱心で、夜明けまであと二回すると言い張った。長年にわたり、それがふたりの力関係になった。どちらかといえば、彼女はベッドでは貪欲だった。どちらかといえば、彼は従順だった。ひょっとすると、それから二十年後にサイードを授かるまでは妊娠できず、自分は不妊体質なのだと思っていたせいで、母親は奔放にセックスをして、その結果がどうなるのかを考えたり育児のことを思って心が乱れたりはしなかったのかもしれない。一方の父親は、結婚生活の前半を通じて、妻の激しい要求に対しては驚きつつ喜ぶ男という態度を貫いた。口ひげや、後ろからの体位に、彼女は興奮した。彼からすれば、彼女は肉感的で刺激的だった。

サイードが生まれると、ふたりのセックスの頻度は目に見えて減り、そのあとも減り続けた。子宮は下垂しはじめ、勃起を維持しておくのはしだいに難しくなる。この時期になると、セックスをしようとする役がサイードの父親に回ってくること、あるいは彼がその役を引き受けることが多くなっていった。サイードの母親は、それがほんとうの欲望によるものなのか、習慣なのか、ただの親密さの表れなのか、ときおり疑問に思った。彼女なりに応えようと努力した。結局は、父親は彼女の体だけでなく自分の体にも拒まれることになった。

ふたりがともに暮らした最後の年、かなり季節が過ぎてサイードがナディアに出会った年、両親は三回しかセックスをしなかった。一年間で、婚礼の夜と同じ回数。それでも、サイードの父親は妻のこだわりに応えて口ひげを生やしていた。そして、ふたりは一度もベッドを買い換えなかった。頭板は欄干の支柱のようで、つかんでほしいと求めているようにすら思えた。

サイードの家族が居間と呼んでいた部屋には、黒く細長い望遠鏡があった。サイードの父親は自分の父親からそれを譲ってもらい、今度はサイードに譲っていたが、当のサイードがまだ実家で暮らしているので望遠鏡はもともとの場所から動いていなかった。部屋の隅で三脚の上に置かれ、その上には、三角形の棚板という海を渡っていく凝ったつくりの帆船がガラス瓶のなかに入って置かれていた。

頭上の空は大気がすっかり汚染されてしまい、星空の観察はほとんどできなくなっていた。だが、日中に雨が降ったあとでよく晴れた夜に、サイードの父親はときおり望遠鏡をベランダに出すと、一家で緑茶を飲んでそよ風を楽しみながら、順番に天体を覗き込んだ。その光はたいてい、家族の誰よりも長生きしたものだった。べつの世紀に発せられた光が、いまになってようやく地球に届いている。タイムトラベルだな、とサイードの父親は言った。

ある夜、石鹸会社のための広告をどうにも思いつかなかった日の夜、サイードは地平線のすぐ下を望遠鏡でぼんやりと眺めていた。接眼レンズには窓や壁や屋根が見えていて、静止していることもあれば、信じられない速さでさっと消えていくこともあった。

「若い女性を見ているんじゃないか」とサイードの父親は妻に言った。

「サイード、失礼なことはやめなさい」とサイードの母親は言った。

「まあ、きみの息子だし」

「私には望遠鏡なんて必要なかった」

「そうだね。近距離でモノにするのが好きだったな」

サイードは首を横に振り、望遠鏡を上に傾けた。

「火星が見える」と彼は言った。実際に見えていた。地球に二番目に近い惑星の表面は不鮮明で、砂嵐のあとの夕焼けの色だった。

サイードは背筋を伸ばすと、携帯電話を持ってカメラを星空に向け、自分が知らない天体の名前をアプリに教えてもらった。アプリが見せてくれる火星は、肉眼で見るよりも精密だったが、もちろんそれはべつの瞬間の、もう過ぎ去った火星の姿であり、アプリの開発者によってメモリに固定されたものだった。

遠くのほうから、自動小銃の音が一家の耳に届いた。それほど大きくはなく乾いた音だったが、はっきりと響いた。三人はまだしばらく座っていた。そして、もうなかに戻ったほうがいい、とサイードの母親が言った。

サイードとナディアがついに食堂で一緒にコーヒーを飲んだのは、その次の週、ふたりが受けている授業が終わったあとだった。そのときサイードは、彼女のほぼ全身を隠している保守的な黒いローブについて訊ねた。

「礼拝をしないんなら、どうして着ているの?」と、サイードは声をひそめて言った。

ふたりは窓際にある二人掛けの席に座り、混雑した通りを見下ろしていた。携帯電話はどちらも画面を伏せてテーブルに置いてあり、直談判している悪党同士の武器のようだった。

ナディアは微笑んだ。コーヒーを啜った。顔の下半分をカップで隠したまま口を開いた。

「男たちによけいな真似をされずにすむから」

第二章

子どもだったころのナディアのお気に入りの教科は美術だった。とはいえ授業は週に一時間だけで、自分に美術の才能があるとも思っていなかった。通っていたのは丸暗記に力を入れている学校だったが、そもそも暗記が性に合わなかった彼女は、ほとんどの時間は教科書やノートの余白に落書きをしていた。背中を丸めて机に覆いかぶさるように座り、渦巻きや小さな森の世界が教師の目に触れないようにしていた。見つかれば、叱られるか、ときには後頭部をぴしゃりと叩かれた。

ナディアの少女時代、家にある美術品といえば、額に入れて壁にかけてある宗教的な詩句や聖地の写真だけだった。ナディアの母と妹はもの静かで、父親ももの静かなのが美徳だと思って努力はするものの、すぐにかっとなってしまう性格で、とくにナディアが絡むとそうだった。信仰に関して質問攻めにしてきてはしだいに不信心になっていく娘を、父親は怖れるようになった。ナディアの家は暴力とは無縁で、熱心に喜捨をするような家庭だったが、大学を卒業したナディアが、家族にとっては恐ろしいことに、そして言うつもりがなかった本人にとっても驚いたことに、未婚のまま家を出てひとりで暮らすと告げたとき、その決別は双方からのきつい言葉を生んだ。父親からも母親からも、妹からはさらにきつい言葉が浴びせられ、ナディア自身のもの言いが一番きつかったかもしれないが、そのせいでおたがいに家族との縁は切れたのだと思い、一家四人のすべてが終生それを残念には思ったが、誰も関係修復のために動こうとはしなかった。頑固だったせいでもあり、どうすれば修復できるのかわかっていなかったせいでもあった。また、家族の暮らす街がじきに地獄にのみ込まれてしまい、気がついたときにはもう修復するチャンスがなくなっていたせいでもある。

ひとり暮らしの独身女性としての最初の数か月には、家族から警告されていた忌まわしい出来事や危険に匹敵するようなことも、それを上回るようなこともあった。だが、ナディアには保険会社での職があり、生き抜いてみせるという決心もあった。そして生き抜いた。とある未亡人の家の上階に自分だけの部屋を確保し、レコードプレーヤーとビニールレコードのささやかなコレクション、街で自由な精神を持つ知り合いたちとの付き合いや、分別があって偉そうにしない女性婦人科医との付き合いがあった。どういう服装をすれば自分を守れるか、攻撃的な男たちや警察官をどうあしらえばいいか、攻撃的な男の警察官をどうあしらえばいいのかを学び、避けるべき状況やすぐに出て行くべき状況についてはいつも直感にしたがうべきだと学んだ。

だが、保険会社でデスクの前に座り、自動車保険の充実プランの更新を電話で受け付けていたある日の午後、ふたりで会わないかというサイドからのショートメールが届いたとき、仕事中のナディアは、かつて学校にいたときと同じように机に覆いかぶさるような姿勢になっていた。そして、いつものように、前に置いたプリントアウトの余白に落書きをしていた。

授業のない日の夜に、ふたりはナディアが選んだ中華レストランで待ち合わせた。かつてそのレストランを経営していた一家は第二次世界大戦後に街にやってきて、三代にわたって商売はうまくいっていたが、最近になって店を売ってカナダに移住していた。経営が変わっても値段は手ごろなままであり、味もまだ落ちてはいなかった。食事エリアは照明が暗く、アヘン窟のような雰囲気があり、街にあるほかの中華レストランとは対照的だった。ロウソクが入った特徴的な紙のランタンのような照明が使われていたが、実際にはそれはプラスチック製の、炎の形をゆらめかせる電球だった。

先に着いたナディアは、サイードが店に入ってきてテーブルに近づいてくるのを見守った。よくあるように、彼は目を輝かせ、面白がっているような、いろいろなことに楽しみを見出しているような表情になっていた。そんなサイードを目にしてナディアはうれしくなり、親しみの気持ちが湧いてきた。じきに彼のほうから微笑みかけてくるだろうとわかっていたので笑顔を我慢していると、テーブルに着く前にやはり彼は微笑み、彼女もそれに応えた。

「いいね、ここ」とサイードはあたりを見回して言った。「ちょっと神秘的で。どの国でもおかしくないみたいな。まあ、どんな国でもってわけじゃないけど。この国じゃない」

「外国に旅行したことある？」

サイードは首を横に振った。「行ってみたいけど」

「私も」

「行くならどこがいい？」

ナディアはしばらく彼を見つめた。「キューバ」

「キューバ！　どうして？」

「どうしてだろう。音楽とか、きれいで古い建築とか、海のイメージがあるから」

「完璧だね」

「あなたは？　どこを選ぶか言ってみて」

「チリかな」

「じゃあ、ふたりともラテンアメリカに行きたいんだ」

サイードはにこっと笑った。「アタカマ砂漠だよ。空気が乾ききっているし、澄み渡っていて、ほとんど人もいないから、明かりがほとんどない。そこで仰向けになれば、天の川が空に見える。ものすごい数の星が、空に牛乳をこぼしたみたいになっている。それがゆっくりと動いていくのが見えるんだ。地球が動いているから。すると、宇宙で回転する巨大なボールの上に自分が寝転んでるみたいな気になれる」

ナディアはサイードの顔をじっくりと見た。わくわくしている顔つきで、短いあごひげが生えていても少年のような雰囲気があった。不思議な男の人だ、という印象だった。不思議で、魅力的な男の人。

ウェイターが注文を取りにきた。ナディアもサイードもジュース類は選ばず、お茶と水のほうがいいと言い、料理が出てくると、ふたりとも箸は使わなかった。人に見られているときは、フォークのほうがうまく使えると思っていたからだ。最初はぎこちない雰囲気があり、というよりは内気なふりをしていたが、基本的には相手のことを話しやすい人だと思った。最初の正式なデートでそれがわかれば安心感がある。静かに話し、まわりの食事客の目を引かないようにした。ふたりともさっさと食べ終わってしまった。

それに続いてふたりが直面した問題は、ある時刻を過ぎてからも一緒にいたいと思う街の若者たちにはおなじみのものだった。日中であれば、公園や大学のキャンパス、べつのレストランやカフェがある。だが夜、夕食を終えたあととなると、一緒にいることを許してくれる安全な家があるか、車でも持っていないかぎり、ふたりきりになれる場所はほとんどない。サイードの一家は車を持っていたが、ちょうど修理中だったため、彼はスクーターに乗ってきていた。ナディアには部屋があったが、男性を連れていくとなるといろいろな意味で注意が必要だった。

それでも、ナディアはサイードを招待することにした。

うちに来たらどうかと彼女が言うと、サイードは驚き、かなり気分が盛り上がっているようだった。

「ただし何もしないから」とナディアは説明した。「それははっきりさせておく。うちに来たらどう、というのは、押し倒してほしいと言ってるわけじゃない」

「もちろん、そんなことはしないよ」

サイードは傷ついた表情になっていた。

だが、ナディアは頷いた。温かい目つきだったが、顔は笑っていなかった。


街で空いた場所の多くを、難民たちが占拠するようになっていた。車道の中央分離帯にテントを張り、家と家の境界になっている壁際に掘っ建て小屋を作り、歩道や通りの端を寝床にしていた。なかには日常生活のリズムを再現しようとする人々もいて、木の枝や欠けたレンガで支えたビニールシートの下で一家四人が暮らしているのはごく当たり前のことだといった風情だった。怒りや驚き、切望や妬みのような目で街を見つめている人々もいた。まったく動かない人々もいた。呆然としているのか、それとも休んでいるのか。死にかけているのかもしれない。サイードとナディアは、角を曲がるときには伸びている腕や脚を轢いてしまわないよう気をつけねばならなかった。

スクーターに乗ったサイードを後ろにしたがえて、家に向かってのんびりバイクを操るナディアは、これでほんとうにいいのだろうかと何度も自問した。だが、気持ちを変えることはなかった。

途中には検問所が二か所あり、ひとつには警察官が、もうひとつの新しい検問所には兵士が詰めていた。警察官はふたりには目もくれなかった。兵士たちは全員を止めた。ナディアが女性に変装した男だとでも思ったのか、ヘルメットを外させた。だが、ほんとうに女性だとわかると、手を振って彼女を通した。

ナディアが借りていたのは、ある未亡人が持っている幅の狭い建物の上階だった。その未亡人の子供と孫はそろって外国で暮らしていた。建物はかつては一軒家だったが、隣にあった市場が大きくなっていき、家よりも高くなってぐるりと取り囲む形になった。未亡人は二階を自分用にして、一階は改装し、カーバッテリーを使った住居用予備電力システムを売る店に貸し、一番上の三階はナディアに貸していた。ナディアは最初はうさんくさそうな目で見られたものの、夫が歩兵隊の若い士官だったが戦死してしまい、自分も未亡人なのだという話を信じてもらっていた。たしかに、すべて真実だとは言えない話だった。

ナディアの階には一部屋しかなく、アルコーブ式の簡易台所があり、バスルームはあまりに狭いせいでシャワーを浴びるたびに便器がびしょ濡れになってしまった。だが、屋上のテラスに出れば市場を見渡すことができ、停電中でなければ、近くにそびえるカロリーゼロの炭酸飲料のネオンが大きく動いて穏やかに揺れる光に照らされていた。

建物から少し離れたところ、角を曲がった暗い路地でサイードを待たせると、ナディアはひとりで金属の格子扉を開けて建物に入った。三階に上がるとベッドにキルトをかぶせ、洗濯の汚れ物はクローゼットに押し込んだ。小さな買い物袋に何かを詰めると、しばらく待ち、窓から落とした。

その袋は低く鈍い音を立ててサイードのそばに落ちた。開けてみると、一階の予備の鍵と、ナディアの黒いローブが一枚入っていた。サイードは自分の服の上からそっとローブをかぶって頭をすっぽり覆い、それから、彼女から見れば舞台で盗人を演じているような抜き足差し足で正面扉に近づくと、鍵を開け、まもなく彼女の部屋に現れた。座るようナディアは身振りで示した。

ナディアは一枚のレコードを選んだ。ずっと昔に死んだその女性歌手は、祖国アメリカでは「ソウル」というしかるべき名前を与えられた音楽ジャンルのアイコンだった。生き生きとしているがもうこの世にはないその歌手の声は、いまはふたりしかいない部屋に三人目の存在を過去から呼び起こした。マリファナタバコでもどう、とナディアが言うと、幸運にも、いいね、とサイードは言い、タバコを巻く役を買って出た。

ナディアとサイードが一本目のマリファナタバコを分け合っていたそのとき、東京の新宿区ではすでに真夜中が来て過ぎ去り、日付の上では翌日になっていた。ある男が、自分で金を払ったわけではないが飲む権利はある酒を、ゆっくりと飲んでいる。彼はそのウイスキーの生産地であるアイルランドには行ったことはないが、わりと好きな土地だと思っていた。アイルランドが四国の双子のような小さな島で、形もわりと似ているだけでなく、どちらも、広大なユーラシア大陸を挟んで左右にある大きな島の近くにあって大洋に面しているせいかもしれない。まだ若く多感だったころに何度も観に行ったアイルランドのギャング映画のせいかもしれない。

その男はスーツとぱりっとしたワイシャツを着ていたため、両腕にどんなタトゥーがあろうと見えなかった。ずんぐりとした体型だが、立ち上がれば身のこなしはすっきりしている。飲んでいても目つきはしっかりしていて感情的ではなく、人の目を引きはしない。どれくらいの暴力を振るわれそうかで順位が決まる野良犬の集団のように、周囲の視線は彼の視線からさっと逸らされる。

バーから外に出ると、男はタバコに火をつけた。看板の電光に照らされた通りは明るいが、いくぶん静かだった。彼から安全な距離を保って、酔っ払ったサラリーマンの二人組が通り過ぎ、次に深夜営業のクラブのホステスが視線を落として足早に過ぎていく。東京の空には雲が低く垂れ込め、街の赤い色がぼんやりと映し出されているが、いまはそよ風が吹きはじめ、潮風とわずかな寒気が肌と髪に感じられる。男は煙を大きく吸い込み、ゆっくり吐き出した。煙は風に流されて消えていった。

後ろで物音が聞こえ、男は驚いた。そこは袋小路になっていて、彼が出てきたときには誰もいなかった。いつもの癖でそこを素早く確かめてから背を向けたはずだった。いま、そこにはフィリピン人の女の子がふたりいる。おそらくはまだ二十歳にもならない十代後半とおぼしき女の子たちが、バーの裏にあって人の出入りのないドアのそばに立っていた。ドアにはいつも鍵がかかっているはずが、どういうわけかそのときは開いていて真っ黒な戸口になり、内側には明かりがまったくついていないようであり、どんな光でも貫くことはできないとすら思えた。その子たちは妙な服装だった。布地が薄すぎるトロピカルな柄の服は東京にいるフィリピン人女性がよく着ている服ではなく、フィリピン人女性でなくてもその季節にそんな格好をしている人はいなかった。女の子のひとりが、空《から》になったビール瓶を倒した。瓶は高い音を立てて転がり、弧を描いて逃げていった。

ふたりは男のほうは見なかった。見てもどうすればいいのかわからないだろう、と彼は思った。ひそひそ話しながら通り過ぎていき、何を言っているのかは理解できなかったがタガログ語だということはわかった。女の子たちは感情が高ぶっているようだった。興奮しているのか、怯えているのか、その両方なのか。とにかく女心はよくわからないな、と男は考えた。ふたりは彼の縄張りにいた。自分が締める地域でフィリピン人の集団が迷子のような様子になっているのは、その週で二度目だった。フィリピン人は好きではなかった。そこにいてもいいが、分をわきまえてもらわねばならない。中学校の同級生にフィリピン人とのハーフの男子がいて、男はよくその同級生を殴り、一度などはやりすぎたせいで、やったのは彼だと誰かが言いさえすれば退学になるところだった。

歩いていく女の子たちを、男は眺めた。じっくりと。

そして、ポケットのなかの金属を指でいじりつつ、ふたりの後ろを歩き出した。

暴力の時代にはいつも、昔からの知り合いや親しい人たちの誰かが、暴力に触れられたとたん、かつては悪い夢だと思っていたものを腹をえぐるような現実として体験してしまうものだ。ナディアにとっては、従兄がそんな人だった。確固とした決意があって頭のいい男で、小さなころから遊びにはあまり興味がなく、めったに笑わず、学校では何度も表彰されて医師になると決めていて、首尾よく外国に移住すると、年に一度は両親を訪ねて帰国していた、そんな彼が、ほかの八十五人ともども、トラックに積んだ爆弾によって木っ端微塵に吹き飛ばされ、頭と片腕三分の二のほかは文字どおりばらばらになってしまった。

従兄が死んだと知るのが遅れたせいで、ナディアは葬儀には出られず、親戚を訪ねることもなかった。思い入れがなかったからではなく、まわりを不愉快な気持ちにしたくなかったからだった。ひとりで墓参りに行くつもりでいたが、サイードから電話があり、黙りがちなナディアにどうしたのかと訊ねてきたため、その話をどうにか聞かせると、自分も一緒に行くと彼は言い、しつこくはないが譲らなかったため、彼女はなぜか安心した。そこで、翌朝のかなり早い時間にふたりは一緒に行き、掘り返したばかりの盛り土と輪になった花がナディアの従兄の遺体のなにがしかを覆っている場所を眺めた。サイードは立ったまま祈った。ナディアは祈りを捧げることも花びらをまくこともせず、膝をつくと片手を盛り土に当て、墓地の世話人がじょうろで水やりをしたばかりの湿り気を感じつつ、長いあいだ目を閉じていた。近くの空港に着陸するジェット旅客機の音が近づき、そして去っていった。

ふたりはカフェに行き、バターとジャムを塗ったパンとコーヒーで朝食にした。ナディアは話をしたが、従兄については触れなかった。サイードには存在感があり、いつもと違うその朝にその場にいて居心地がよさそうにしていて、ナディアが一番大事なことを避けて話していても平気な様子だった。ふたりのあいだでいろいろと変化があり、ある意味ではより確固としたものになった、と彼女は感じた。それからナディアは保険会社での仕事に向かい、昼休みまで一括契約の処理をした。声音はしっかりとしていて事務的だった。彼女の電話の相手が不謹慎な言葉を口にすることはめったになく、個人的な電話番号を訊ねてくることもめったになかった。訊ねられても、彼女は答えなかった。

ナディアはしばらくミュージシャンと交際していたことがあった。ふたりが出会ったのはアングラのコンサートだったが、実際にはジャムセッションというほうが近く、しだいにテレビ用の音響作業に特化するようになっていた録音スタジオの防音の建物に五、六十人が詰めかけていた。治安と著作権の問題から、地元の音楽業界はかなりの苦境に陥っていた。そのころのナディアはいつも黒いローブに身を包んで首まわりを結わえていて、そのころの彼はいつも一サイズ小さく胸と腹にぴったり張りつく白いTシャツを着ていた。ナディアに見つめられながら、彼は近くをうろうろした。その夜ふたりは彼の家に行き、彼女はいくぶん戸惑いつつも大騒ぎすることなく、処女という重みを振り落とした。

ふたりはほとんど電話をせず、ときおり会うだけだったので、そのミュージシャンはほかにもたくさんの女と付き合っているのではないかとナディアは思っていた。首を突っ込みたくはなかった。ナディアにとってありがたかったのは、彼が自身の体を気に入っていて、彼女に対しては気ままな態度で、ギターを弾くようなリズムで触れてくることと、彼に動物的な美しさがあり、快楽を呼び起こしてくれることだった。彼にとって自分はどうでもいい存在なのだろうと思っていたが、それについてはナディアの思い違いだった。ミュージシャンである彼はかなりの恋心に苦しんでおり、彼女が思うよりもはるかに入れ込んでいたのだが、見栄と恐れ、それに自身のこだわりが邪魔をして、彼女が与えてくれる以上のものを求めることができずにいた。あとになって、彼はそのことで自分を責めた。責めたのは少しだけだったとはいえ、最後に別れたあとも、死ぬまでナディアのことを考えた。ふたりとも知るよしもなかったが、彼の死はほんの数か月後に訪れた。

最初、ナディアは別れを告げるのも厚かましいと思って控えていたのだが、それから少し悲しくなり、やはり言わねばならないと思った。彼はべつにどうでもいいと思っているだろうから、もっぱら自分自身のために別れを告げようと思った。電話ではおたがい言うことがさしてなく、ショートメールでは味気がなく、彼の散らかっていてカビ臭いアパートメントでは言える自信がないため、外の人目のあるところで直接伝えることに決めたものの、いざナディアが別れを告げると、「最後に一回だけ」と彼に部屋に招かれ、断るつもりが実際には断れず、ふたりは情熱的な別れのセックスをして、意外なほどよかったが、それは意外なことではなかった。

ずっとあとになって、彼はあれからどうしているのだろうとふと思うこともあった。ナディアは知らずじまいだった。

翌日の夕方、ヘリコプターが空を埋め尽くした。銃声に驚いたか、とまっていた木の根元に斧が打ち込まれたせいで慌てて飛び立った鳥の群れのように。一機ずつ、あるいは二機ずつ連れ立って上昇し、日が地平線の下に沈むにつれてしだいに赤くなっていく夕焼け空に広がると、回転翼の音が窓の内側にも路地の奥にも伝わっていき、その下にある空気は圧縮され、それぞれのヘリコプターが透明な気流の柱の上に載っているかのようだった。奇妙な鷹のような、動く彫像の群れの何機かは縦長で、縦に並んだ円蓋には操縦士と射撃手が上下に配置され、ずんぐりとした何機かはぎっしりと人員を乗せ、天空を切り続けていた。

サイードは両親と一緒に家のベランダからその様子を見守った。ナディアはひとりで屋上から眺めていた。

開いた扉がひとつあり、若い兵士がかれらのいる街を見下ろしていた。田舎育ちだった彼にはさほどなじみのある街ではなく、その大きさに、堂々とした高層ビルや緑豊かな公園に、兵士は目を見張った。まわりの騒音は信じられないほどで、一気に針路が変わると、彼は胃が飛び出しそうな感覚になった。

第三章

そのころ、ナディアとサイードはいつも携帯電話を持ち歩いていた。電話のなかにはアンテナがあり、まるで魔法のように、まわりのいたるところにありながらどこにもない、目には見えない世界を嗅ぎつけてくれて、遠くの場所や近くの場所に、それまでもそれからも存在しない場所にふたりを連れていってくれた。独立後の数十年間にわたって、街では電話回線はなかなか普及せず、接続待ちのリストは長く、銅線を設置して重い受話器を配達するチームは英雄のように挨拶と尊敬をほしいままにし、賄賂ももらっていた。だがいまでは、拘束なく自由な魔法の杖が空でいくつも振られ、何百万という人々が電話を持ち、ほんの数分とわずかなお金があれば番号を手に入れることができた。

サイードには、電話の魅力に抗おうとする気持ちもあった。彼にとってアンテナはあまりに強力で、それが呼び起こす魔法はあまりに幻惑的であり、尽きることのない祝宴の料理をひたすら腹に詰め込んでいくうちに目がくらんで気分が悪くなるようなものだったため、アプリを消すか隠すかして、使うのは二、三個にとどめた。電話をかけることはできる。メッセージを送ることもできる。写真を撮り、天体の名前を教えてくれる。運転中に街を地図に変えてくれる。それでも十分だった。たいていは。それでも毎日、サイードは夕方になると一時間だけ携帯電話のブラウザ機能をオンにして、インターネットの脇道に消えていった。だがその時間はきっちり決められていて、それが終わるとタイマーが風に揺れる鐘の音を鳴らし、ＳＦの物語に出てくる青に浸されたそよ風の吹く惑星で祭祀の女が使うチャイムを思わせる音を合図に、彼はブラウザをロックする操作をして、次は翌日まで取っておいた。

これほど使用を控え、かなり可能性をそぎ落としていた携帯電話だったが、それによってナディアというひとりの人間へのつながりが生まれると、最初はためらいがちに、それから頻繁に、昼夜を問わず連絡を取るようになり、彼女の気持ちに入り込んでいけるようになった。彼女がシャワーを浴びてからタオルで体を拭いているときにも、ひとりで軽い夕食にしているときにも、デスクで必死に仕事をしているときにも、小用をすませて便器にゆったりともたれているときにも。サイードに一度笑わせられ、そしてもう一度、さらにもう一度笑わせられ、ナディアは肌が焦がれ、意外な興奮の始まりに息が浅くなり、そこにいない彼の存在を感じるようになった。それはサイードも同じだった。じきにリズムができあがり、そのあとは、寝ているとき以外はたいてい二、三時間おきにやりとりをするようになり、恋に落ちたばかりで飢えたふたりは携帯電話でおたがいに触れ合うものの、体を寄せ合うことも、発散することもなかった。ふたりとも心を射抜かれかけていたが、キスはまだしていなかった。

サイードとは違い、ナディアは電話を控えめに使おうとは思わなかった。やはり家から出られない無数の若者たちと同じように、彼女は携帯電話と長い夜を過ごしていて、ともすればひとりぼっちで出来事のない夜には遠い世界に繰り出していった。落ちる爆弾やエクササイズする女たち、性交する男たち、濃くなる雲を眺めた。砂を引きずっていく波は、あっというまに消えていく無数の生きた舌が砂をこすりながら舐めているようだった。いつの日かなくなってしまう惑星の舌だった。

ナディアはよくソーシャルメディアをうろつきまわったが、自分ではあまり投稿せず、ほとんど足跡を残すことはなく、ネット上でもわかりづらいユーザーネームを使ったり別人になりすましたりして黒いローブのかわりにしていた。ソーシャルメディアを通じて、ナディアはマジックマッシュルームを注文し、サイードと初めて肉体的に親密になった夜に一緒に食べた。そのころの街ではまだ、配達時の代金引換でマジックマッシュルームを手に入れることができた。警察と麻薬対策局はより高額で取引されるほかの薬物に目を向けていて、疑う気持ちのない者にとってみれば、幻覚作用があろうと香りが強かろうとキノコ類はどれも同じで無害に見えた。そこに目をつけた地元のポニーテールの中年男が副業として珍しい食材をシェフやグルメに売っていたが、ネット上ではもっぱら若者たちが仕入れて楽しんでいた。

数か月後には、このポニーテールの男は首を斬り落とされることになる。痛みを倍加させるべく刃がぎざぎざになったナイフでうなじから斬られ、頭を失った男の死体は、電線用の鉄塔に片方の足首を縛りつけられて吊るされ、両脚を曲げて揺れているうちに、処刑人たちが縄のかわりに使った靴ひもが腐ってちぎれて落ちた。それまでは誰も、ひもを切って亡骸を下ろしてやろうとはしなかった。

だが、そのときでさえ、街の自由気ままなヴァーチャル世界は、若い男たちや、とくに若い女たち、そして何よりも子どもたちの日々の暮らしとはまるで違っていた。子どもたちは腹を空かせたまま眠るが、一方で小さな画面では外国の人々が食事を準備し、食べ、大食い競争をしている姿を見ることができた。その宴の豪華さは、そんなものが存在するという事実そのものにぎょっとするほどだった。

ネットの世界には、セックスと、安全と、あふれる物と魔力があった。ナディアが注文したマジックマッシュルームが届く前日、ひと気のない深夜の交差点で信号を待っていると、がっしりとした男が振り向いて彼女に声をかけ、無視されると罵りはじめた。バイクに乗るなんて売女に決まっている、女がそんなふうにまたがる格好になるなんてふしだらだ、そんなことをしている女を見たことがあるか、何様だと思っているんだ、と。その荒々しい口調に、襲われるのではないかと彼女は思ったものの一歩も引かず、ヘルメットのバイザーを下ろしたままその男を見つめ、心臓は激しく脈打っていたが手ではクラッチとスロットルをしっかり握り、いつでも一気に加速できる体勢になり、男の使い古したスクーターが追ってきても置き去りにできるだろうと思っていた。すると男は首を横に振り、怒鳴り声を上げて走り去っていった。首を絞められたようなその声は、激しい怒りの声のようでもあり、苦痛の叫び声のようでもあった。

翌日の朝一番に、ナディアが働くオフィスにマジックマッシュルームが届けられた。制服姿の配達員は、ナディアがサインして代金を支払う小包が「食品」だということしか知らず、何が入っているのかはわかっていなかった。それと同じ時刻に、武装組織が街の証券取引所を制圧しようとしていた。ナディアと同僚たちはその日のほとんどの時間、オフィスの階のウォータークーラーのそばに置いてあるテレビの画面を食い入るように見つめていたが、午後には決着がついていた。この事件が長引いてしまえば、メディアに逐一報道されて市民に動揺が広がり、国全体の治安にかかわる危険になる、それに比べれば人質の命にかかわる危険など大したものではない、と軍は判断し、総力を挙げて建物に突入して武装した者たちを全滅させた。死亡した労働者の数は、当初は百人を下回るとされた。

ナディアとサイードはそのあいだずっとメッセージを送り合い、最初は、その日の夕方に待ち合わせてサイードが二度目に彼女の部屋に行く予定は取りやめにしたほうがいいという話になっていたが、多くの人にとって意外なことに夜間外出禁止令は敷かれなかった。当局としては、事態を完全に掌握しているのでその必要はないというメッセージを発したかったのかもしれない。ナディアとサイードは気持ちが落ち着かず、一緒にいたいという思いが強かったため、結局そのまま会うことにした。

一家の車の修理は終わっていたため、サイードはスクーターではなくその車を運転してナディアの部屋まで行った。車の密閉空間のなかにいると、より安全だという気がした。だが、車通りのなかを縫うようにして進んでいくとき、ぴかぴかで黒い高級SUV車をサイドミラーでこすってしまい、おそらくは実業家か有力者の乗用車で家よりも高価だろうから怒鳴られるか、ひょっとすると殴られてしまうかと身構えたが、アサルトライフルを空に向けてSUV車の助手席側から出てきた警備の男は、凶暴な目つきでサイードのほうをさらりと眺めただけですぐに呼び戻され、車は速度を上げて走り去っていった。車の持ち主は、その夜はよけいなことで時間を無駄にしたくないと思っているようだった。

サイードはナディアのアパートメント近くの角に車を停めた。着いたよ、とメッセージを送り、待っていると、ビニール袋が鈍い音を立てて落ちてきて、なかに入っているロープに体をすべり込ませ、急いで建物に入って階段を上がっていく、その手順は前と変わらなかったが、今回はサイードも袋を持ってきていた。焼いた鶏肉とラム肉と、温かいパンが入っていた。ナディアはその袋を受け取ると、冷めないようにオーブンに入れたが、その気配りもむなしく、食べ物は夜明けまでそのまま放っておかれ、ようやくふたりが食べるころには冷たくなっている。

ナディアは彼を部屋のテラスに案内した。テラスの床に、ラグのように織ったカバーのついた長いクッションが置いてあり、彼女はその上に座ると手すりに背をもたせかけ、サイードにもそうするよう身振りした。座ったサイードの太ももに、ナディアの太ももの外側がしっかりと当たるのが感じられ、彼女にも、自分の太ももに彼の太ももの外側がしっかりと当たっているのがわかった。

「もう脱いだらどう？」とナディアは言った。

サイードは自分が黒いローブを着ていることを忘れていた。自分の体に目を向け、そして彼女を眺めると、笑顔になって答えた。「きみが先だよ」

ナディアは笑い声を上げた。「じゃあ、一緒に」

「一緒にしよう」

ふたりは立ち上がってローブを頭から脱ぎ、向かい合った。その夜は肌にしみる寒さだったため、ふたりともローブの下にはジーンズとセーターを着ていた。サイードは茶色でゆったりしたセーター、ナディアはベージュ色で柔らかい肌のように体にぴったりしたセーターだった。サイードは節度を守って彼女の体を眺め回すことはするまいと思って目をしっかりと見つめたが、もちろん、そうした状況ではありがちなことに、それをうまくやり遂げられたかどうかは心もとなかった。視線とは完全に思いどおりになるわけではない。

ふたりはまた腰を下ろし、ナディアは握りしめた片手の手のひらを上にして太ももに置き、その手を開いた。

「マジックマッシュルームをやったことはある？」と彼女は訊ねた。

ふたりは曇り空の下で静かに話をした。ときおり空から切り込んでくる月の光や暗闇はあったが、それ以外は街の明かりに照らされた灰色のさざ波や渦が見えるだけだった。最初は何も変わった感じはせず、ナディアにからかわれているのか、それとも彼女が騙されてまがい物をつかまされたのではないかとサイードは思った。それから、単に、そして残念なことに、自分の体のつくりか心のつくりがひねくれているせいでマッシュルームの本来の効果が出てこないのだと思うようになった。

そんなとき、サイードは不意打ちのような畏れの感覚に襲われた。驚異の念をもって自分の肌を眺め、テラスに置いてある鉢植えのレモンの木を眺めた。その木はサイードの背と同じくらいの高さで、土に根を張り、その土がしっかりと定着している鉢植えが置かれているテラスのレンガは建物の山頂のようで、建物はといえば大地そのものから伸びていて、その土臭い山からレモンの木が上へ、上へと手を伸ばしていき、その様子の美しさにサイードの心は愛に満たされ、ふと両親を思い出すと強烈な感謝の念に打たれ、そして平和を求める気持ちもあり、かれらすべて、すべての人々、すべてのものに平和が訪れることを願った。ぼくらはもろく、美しいのだし、ほかの人たちもこんな経験をすればきっと紛争の傷は癒えるだろう、と彼は思い、ナディアに目をやると、彼女からも目を向けられていて、どちらの目もひとつの世界のようだった。

ふたりが手をつないだのは、何時間もあとにサイードの目がもとに戻ってからだったが、正常に戻ることはなかった。もう「正常」を以前と同じように考えることはないだろうと彼は思った。マジックマッシュルームを食べる前に近い状態に戻ると、ふたりは手をつなぎ、向かい合って座り、手首を膝に預けて、膝が触れ合うくらい近くに座り、サイードが身を乗り出すとナディアも微笑んで身を乗り出し、ふたりはキスをして、もう夜明けになっていて暗闇に紛れてはいないので近くの屋上から見られてしまうかもしれないと気がつき、部屋に戻って冷えた料理を食べた。風味が強く思えたため、少ししか食べなかった。

携帯電話は電池が切れていたため、サイードは家族の車のグローブボックスに入れてあった予備のバッテリーで充電した。電源がついたとたんに着信音が鳴り、パニックを起こした両親のかん高い声のメッセージが流れた。不在着信、留守番電話、夜が明ける前に子どもが無事に戻ってこないせいで募っていく恐怖。その夜は、多くの親の多くの子どもたちが家に帰ってこられないままだった。

サイードが帰宅すると、父親はすぐに寝室に入った。ベッド脇の鏡には、一気に老け込んだ男の姿が映っていた。母親はサイードの姿を見て心からほっとし、一瞬、息子をひっぱたいてやりたくなった。

眠りたい気分ではなかったナディアはシャワーを浴びた。ボイラーにガスがきれぎれにしか供給されないせいで、水は冷たかった。素っ裸で立って浴び終えると、ジーンズとTシャツとセーターという、家にいるときの服装になり、その上にローブをかぶって世間の主張や期待に抗う態勢を整えると、外に出て、近くの公園での散歩に向かった。いまごろ、早朝の麻薬中毒者やゲイの恋人たち、用事があるからと言ってかなり余裕をもって家から出てきた人たちが、公園から立ち去ろうとしているだろう。

ナディアの時間ではその日の夕方、彼女から見える地平線に太陽が沈んだころ、カリフォルニア州サンディエゴのラホヤ地区は朝になっていた。海のそば、正確には太平洋を見下ろす崖の上に住んでいる老人がいた。家にある家具類は使い古されてはいたが手間をかけて手入れされ、菜園も手入れが行き届いていた。メスキートやデザートウィローの木々や多肉植物が、もう盛りは過ぎたとはいえまだ生きていて、虫害からもかなり守られていた。

その老人はより大がかりな戦争のときに海軍に入隊していたことがあり、軍服に対しても、家のまわりで防御線を張っている若者たちに対しても敬意を抱いていた。老人は指揮官の士官と一緒に通りに立っていた。かれらを眺めていると、自分がその年齢だったころ、同じくらい体力があってしなやかな動きができ、するべきことをはっきり確信していて、おたがいに絆を感じていたころのことを思い出した。兄弟のような絆だ、と老人と友人たちはよく口にしていたが、ある意味では兄弟よりも強く、少なくとも自分の弟との絆よりも強かった。前の年の春に世を去った弟は、喉頭癌のせいで体重が少女くらいにまで落ちてしまい、もう何年も話をしていなかった老人が病院に見舞いに行ったときにはもう話はできず、見ることしかできず、その目に浮かんでいたのは疲れ切った色だった。さして恐怖のない、勇気ある目。弟に勇気がある、と老人が思ったのはそのときが初めてだった。

士官には老人の相手をしているひまはなかったが、老人の年齢と兵役経験を考えれば相手をする必要があったため、しばらく老人をそのあたりにいさせてから礼儀正しく頭を下げ、もう離られたほうがいいかと思います、と伝えた。

よくわからんのだが、侵入してきたのはメキシコ人なのかムスリムなのかどっちなのかな、と老人が訊ねると、それはお答えできかねます、と士官は言った。そこで老人は黙ってしばらく立ち、士官も何も言わずにいた。通りかかる車は迂回してべつの道を行くよう指示され、最近になってからそこに家を買った裕福な近隣の住民たちも正面の窓のところに座ってじろじろ見てきたため、ついに、何か力になれることはあるか、と老人は訊ねた。

そう口にすると、子どもになったような気分だった。士官は老人の孫であってもおかしくない年齢だった。

そのときにはお伝えしますので、と士官は言った。

そのときには伝える。それは、老人がしつこくしたときに父親からよく言われた言葉だった。そしてどこか、その士官は老人の父親に似ていた。老いた父親というより、老人が小さな男の子だったときの父親に似ていた。

もしよろしければ、ご家族かご友人のところまでお送りする手配もできますが、と士官は申し出た。

冬の初めの、よく晴れた暖かい日だった。はるか眼下では、ウェットスーツを着たサーファーたちが海へとパドリングしている。遠くの海の上空では灰色の輸送機が列になり、コロナド基地に着陸しようとしていた。

自分はどこへ行けばいいのか、と老人は自問した。考えてみると、行くべき場所をひとつも思いつかないことに気がついた。

サイードとナディアの街で証券取引所を襲撃したあと、武装組織はどうやら戦略を変え、自信をつけたらしく、市内で爆弾を仕掛けたり銃撃を行ったりするだけではなく、街の各地で支配地域を作ったり奪ったりするようになった。ときには建物ひとつ、ときには地区全体を掌握し、たいていは数時間しか支配は続かなかったが、数日間持ちこたえることもあった。どうやってあれほどの人数が丘陵地帯にある要塞からすぐに到着できるのかは謎のままだったが、街は大きく広がっていて周辺地域から切り離すことは不可能だった。それに、武装組織の支援者が街にいることはよく知られていた。

サイードの両親が待ちわびていた夜間外出禁止令は出されるべくして出され、一触即発に似た熱意とともに実行された。土嚢を積み上げた検問所や有刺鉄線が一気に増えただけでなく、榴弾砲や歩兵を乗せた戦闘車や、砲塔部分に長方形の爆発反応装甲をびっしりつけた戦車が現れた。夜間外出禁止令が出てから最初の金曜日に、サイードは父親と礼拝に行き、サイードは平和のことを、父親は自分の息子のことを思って祈り、説教師は、誠実な者が戦争に勝利するよう祈りましょうと信者たちに呼びかけたが、紛争においてどちらの側が誠実だと思っているのかについては明言を避けた。

サイードは車で家に帰っていき、父親は歩いて大学に戻りながら、自分は人生の選択を間違えたと思った。べつの道を選ぶべきだった。そうすれば息子を外国に送ってやるだけの金ができたかもしれない。ひょっとすると、自分はわがままだったのかもしれない。教育と研究を通じて若者たちと国の助けになろう、というのはただの自惚れだったのかもしれない。なにがなんでも富を求めるほうがはるかに真っ当だっただろう。

サイードの母親は家で礼拝をした。このところ、一回たりとも欠かさず礼拝をすることにこだわるようになっていたが、何も変わってはいない、いつだったかは知らないが前にも街は似たような危機を経験しているし、地元の報道も外国のメディアも危険を大げさに言いたてているのだ、と母親は言って譲らなかった。それでも寝つきが悪くなっていったのは事実であり、口が堅いと信頼していた薬剤師の女性から鎮静剤を入手して、寝る前にこっそり服用していた。

サイードのオフィスでは、仕事は忙しくはなかったが、同僚が三人出勤しなくなり、残っている従業員たちにその分の負担が降りかかってくることになった。かれらが口にすることといえば、陰謀論や戦闘の状況、どうすれば国外に出られるかという話だった。そして、ずっと以前から入手不可能に近かったビザをいまになって富裕層ではない人間が確保するのはいよいよ不可能になったため、旅客機や船での移動は論外だとなると、各種の陸路のうちどれがまだましか、というよりもどれが危険か、という説が当てずっぽうで出されては却下されるということが繰り返された。
ナディアの職場も似たようなものだったが、上司もその上司も休暇から予定どおりに戻ってはこなかったせいで、外国に逃げたのだという噂が立ち、さらに噂話に尾ひれがついていた。楕円形のフロアの両端、ガラスの仕切りの奥にあるオフィスはどちらも無人のままで、片方には放ったらかしのスーツが埃よけに入って帽子かけにかかっていた。両端にあるオフィスのあいだに並んだ開放式のデスクのほとんどには人が座り、ナディアもそこにいて、電話で応対する姿がよく目撃されていた。

ナディアとサイードは日中も会うようになった。たいていは、ふたりの職場から同じ距離にある安いハンバーガー店で待ち合わせ、奥のボックス席だといくぶん人目につかないのでテーブルの下で手をつないだり、ときにはサイードが彼女の太ももの内側を撫でたりナディアが彼のズボンのジッパーに手を置いたりもしたが、めったにあることではなく、ウェイターやほかの食事客から見えていないと思ったすきを盗んでするだけだった。ふたりはそうやっておたがいを苦しめた。夕方から夜明けのあいだに街を移動することはできなかったため、ふたりきりになりたければサイードが一晩泊まっていくしかなく、ナディアはそうしてもいいと思っていたが、彼は待ったほうがいいと思っていた。両親にどう言えばいいのかわからないし、ふたりを置いてくるのも心配だし、とサイードは言った。

いつもは携帯電話で連絡を取り合った。メッセージを送ったり、記事のリンクを貼って送ったりした。どちらかが職場か家にいて、日が落ちかけていたりそよ風が入ってきたりする窓のそばにいる写真や、変な顔をしてすぐに真顔に戻る写真を送り合った。

ぼくは恋をしている、とサイードは自覚していた。自分が感じているのが何なのか、ナディアにははっきりとはわからなかったが、その力はわかった。ふたりを含めて、街の新しい恋人たちが置かれた劇的な状況は劇的な感情を生み出すものであり、そこに夜間外出禁止令が出されたとなると、遠距離恋愛のような状況が生まれた。よく知られているように、遠距離恋愛といえば、少なくともしばらくのあいだは情熱を高める力がある。断食が食事をありがたく思う感覚を高めてくれるように。

夜間外出禁止令が出てから二週間、ふたりは週末に会うことはしなかった。突発的な戦闘によって、まずはサイードの住む地区で、次にナディアの住む地区で移動ができなくなった。休日はのんびり過ごしてくださいというメッセージを武装組織は街の人々に送っている、という人気の冗談を、サイードはナディアに転送した。どちらの戦闘においても軍から空爆の要請があり、サイードがシャワーを浴びているときにバスルームの窓が粉々に割れ、テラスで座ってマリファナタバコを吸っていたナディアとレモンの木は地震のように揺れた。戦闘爆撃機が軋むような音を立てて空を切り裂いていった。

だが、三週目の週末には何事もなく、サイードはナディアの部屋に行った。日中の通りにローブを落としてもらうのも、屋外で着替えるのもあまりに危険だったため、ふたりはカフェで待ち合わせ、ナディアが支払いをするあいだにサイードがバスルームでローブを着込み、頭まで覆って目を伏せて彼女について建物に入っていき、部屋に上がると、じきにベッドに入り、ふたりともほとんど裸の格好で、かなり楽しみ、ただしナディアからすればかなりじれったい思いをしたあと、コンドームは持ってきたかと彼女は訊ねた。サイードは彼女の顔を両手で包むと、「結婚するまではセックスするべきじゃないと思う」と言った。

ナディアは笑い声を上げ、体を押しつけた。

するとサイードは首を横に振った。

ナディアは動きを止め、彼をまじまじと見た、「それって何かの冗談？」

一瞬、ナディアは猛烈な怒りを覚えたが、サイードを見ていると、彼は死にそうなくらい我慢しているようだった。胸のなかのしこりがほどけたナディアは少し微笑むと、彼をしっかりと抱きしめていじめ、試し、そして、自分でも意外なことにこう言った。「わかった。待つことにする」

あとで、ふたりでベッドに横になり、古くて雑音混じりのボサノヴァのレコードを聴きながら、サイードは夜の星明かりだけが輝く世界各地の有名な都市をフランスの写真家が撮った画像を携帯電話でナディアに見せた。

「でも、どうやってみんなに明かりを消してもらったわけ？」

「そうじゃない」サイードは言った。「照明の光を取り除いたんだ。たぶんパソコンで」

「そして星の光だけ残した」

「いや、どの街の上空でも、星なんかほとんど見えない。ここだってそうだし。彼は無人の場所に行くしかなかったんだ。人工の光がない土地に。街の空に合わせるために、その街と同じくらい北にあるか南にあるか、だいたい同じ緯度の無人の土地、数時間後には地球が自転してその街になる場所に行って、同じ方角の空にカメラを向けた」

「それで、街が完全に真っ暗だったらこう見えるっていう空を撮ったわけ？」

「空は同じで、時刻が違うだけだよ」

ナディアは考え込んだ。ニューヨーク、リオ、上海、パリ。どれも胸が痛くなるほど美しく、亡霊のようになった街が星に染め上げられ、電気が登場する前の時代に撮った写真のようだが、並んでいるのは現在の建物だ。ふたりで見ているのが過去なのか現在なのか、それとも未来なのか、彼女にはわからなかった。

翌週、政府の大がかりな示威行動は成功しつつあるように見えた。街には大規模な攻撃はなかった。夜間外出禁止令が解除されるのではないかという噂もあった。

だが、ある日、街のすべての電波があっさりと消え、携帯電話はスイッチを切ったように動かなくなった。一時的なテロ対策だという政府の決定がテレビとラジオで発表されたが、いつまでの措置なのかは公表されなかった。インターネットの接続も一時的に停止された。

ナディアの部屋には固定電話はなかった。サイードの家の固定電話は何か月も前から止まっていた。携帯電話が与えてくれていた、おたがいへの、そして世界への扉がなくなり、夜間外出禁止令によってそれぞれのアパートに閉じ込められ、ナディアとサイード、そして無数の人々は、孤島に置き去りにされたように感じ、さらなる恐怖を覚えた。

第四章

サイードとナディアが受けていた夜間の授業は、冬の濃い霧の訪れとともに終了した。いずれにせよ、夜間外出禁止令が出ているとなると、その時間帯の授業はもう続けることができなかった。ふたりとも相手が働くオフィスには行ったことがなかったので、日中にどこに行けば会えるのかがわからず、携帯電話もインターネットも使えなくなったいま、また連絡を取り合う方法はなかった。まるでコウモリが耳を使えなくなり、暗闇を飛び回りながら物を見つける能力を失ってしまったかのようだった。携帯電話の電波がなくなってしまった翌日、サイードは昼休みにいつものハンバーガー店に行ってみたが、ナディアは姿を見せず、その次の日にまた行ってみると、経営者が逃亡したのか単に消えたのか、店にはシャッターが降りていた。

ナディアがどこかの保険会社で働いていることは知っていたため、サイードは自分のオフィスからオペレーターに電話をかけ、保険会社の名前と番号を教えてもらい、順番に電話をかけてはナディアのことを訊ねた。かなりの時間がかかった。電話会社は通話が激増したせいで対応しきれず、戦闘で壊れた回線も復旧させなければならなかったため、サイードのオフィスの固定電話からはせいぜいきれぎれにしかつながらず、つながったとしても混み合ったダイヤル音を突っ切ってオペレーターに通じることはめったになく、そのオペレーターにどれほど必死に頼み込んでも、必死の頼みごとが日常茶飯事となったいまでは、最大でも一回の通話につき番号をふたつ教えてもらえるだけだった。サイードがようやく新しい番号をふたつ手に入れてかけてみようとしても、どちらかの番号が、あるいはどちらの番号も、どの日にかけても電話がつながらないこともしょっちゅうで、彼は何度も何度もかけ直さなければならなかった。

ナディアは昼休みになると自分の部屋に急いで帰り、備蓄品を増やしていた。小麦粉や米やナッツやドライフルーツの袋、油の缶、粉ミルクや保存用の肉や塩漬けの魚を、どれも法外な値段だったが買い集め、二の腕が悲鳴を上げるのもかまわず次々にアパートメントの部屋まで持って上がった。ナディアは野菜が好きだったが、聞くところでは、大事なのはなるだけ高カロリーの食べ物をためておくことで、カロリーが低いわりにはかさばるうえに悪くなりやすい野菜はあまり役に立たないということだった。だが、じきに彼女のアパートメントに近い店はどこも品薄になり、野菜すらなくなってきたため、ひとりが一日に買える量を制限するという方針を政府が打ち出すと、多くの人々と同じくナディアも動揺すると同時に安心した。

週末になると、ナディアは夜明けに銀行に向かい、すでに長くなっている列に並んで営業開始を待ったが、いざ営業がはじまると列は崩れて人々が殺到していったので同じように突進するほかなく、我先にと焦る人混みのなかで彼女は後ろから体をまさぐられた。彼女のお尻から下に、脚のあいだに、誰かが片手をすべり込ませ、指を入れてこようとしたが、ローブとジーンズと下着の上からはそれはできず、とはいえ信じられない力で、その状況下ではかなりのところまで入ってきていた。ナディアはまわりの人々に挟まれ、動くことはおろか手を挙げることすらできず、あまりのことに茫然となって叫ぶことも口を開くこともできず、とにかく太ももとあごをきつく締めるしかなく、口は生理的か本能的かと思うくらい勝手に閉まり、体を閉じていると、やがて人混みは動き、指は離れていき、そのうちにひげ面の男たちが人だかりを男女に分け、ナディアは女性用のエリアに入り、昼休みのあとに順番が来て窓口に行くと、認められている上限額ぎりぎりまで引き出し、それを服の下とブーツのなかに隠してバッグにはほんの少ししか入れず、次に両替商の店に行っていくらかをドルとユーロに替え、宝石商のところに行って残りの金をかなり小さな金貨二、三枚に替え、しじゅう後ろを振り返っては尾けられていないか確かめ、それから帰宅すると、入り口のところに男がひとり待ち構えていて、その姿を目にしたナディアは気持ちに蓋をして、傷つき、怯え、怒り狂ってはいたが、泣くことはしなかった。一日中待っていたその男は、サイードだった。

ナディアはサイードを連れて部屋に上がった。人に見られるかもしれないということを忘れていたか、もう気にしないことにしたのか、このときは彼にローブを渡さず、部屋に入るとふたり分のお茶を入れたが、手は震え、話すことができなかった。彼に会えてそれほどまでにうれしいことが恥ずかしく、腹立たしく、怒鳴り出してしまうかと思った。ナディアがすっかり動転しているとわかったサイードは何も言わず、持ってきたバッグを開け、キャンプ用の灯油コンロ、予備の燃料、大きなマッチ箱、五十本のろうそく、そして水の殺菌用の塩素錠剤を渡した。

「花は見つからなくて」と彼は言った。

ナディアはようやく半笑いの表情になって訊ねた。「銃はある？」


ふたりはマリファナタバコを一本吸い、音楽を聴いた。しばらくすると、ナディアはまたサイードをセックスに誘おうとした。そういう気分だったからではなく、銀行の前での出来事の記憶を麻痺させたかったからだが、今回もサイードはおたがい気持ちよくなっても自制してみせ、今回も、結婚するまでセックスはするべきではない、するのは自分の信仰に反していると言ったが、うちで両親とぼくと一緒に住むのはどうかな、と伝えられてようやく、ナディアはそれが一種のプロポーズだったことを知った。

ナディアは胸の上に載ったサイードの頭を撫でながら訊ねた。「結婚したいってこと？」

「そう」

「私と？」

「実際のところ誰とでもいい」

ナディアは鼻を鳴らした。

「そうだよ」とサイードは言い、上体を起こして彼女を見つめた。「きみと結婚したい」

ナディアは何も言わなかった。

「どうかな?」と彼は訊ねた。

そのとき、返事を待っているサイードに対して愛おしい気持ちが湧き上がってきた。それと同時に、恐怖が全身を貫いていき、はるかに複雑な気持ち、憤りのようにも感じられる気持ちにも襲われた。

「わからない」とナディアは言った。

サイードは彼女にキスをした。「わかった」と言った。

ナディアは彼のオフィスの情報を、サイードは彼女のオフィスの情報を書き留めた。ナディアは黒いローブをサイードに渡して着てもらった。それまでは、彼が出るときにはアパートのある建物と隣のあいだのすきまにローブを隠しておいてもらい、あとで回収していたが、もうそれはやめにするからローブを持っておいてほしいと言い、それから鍵も一式預けた。「姉さんが私より先に着いても部屋に入れるように」と説明した。

そして、ふたりともにやりと笑った。

だが、サイードが帰ったあと、遠くで迫撃砲が着弾して爆発する音、建物が壊れていく音が響き、大規模な戦闘がまたはじまったのだとわかった。車で帰宅するサイードのことが心配になり、彼が街の反対側にある家まで無事にたどり着けたかどうかが翌日になって出勤するまでわからないなんておかしいと思った。

ナディアは部屋の扉に閂《かんぬき》をかけ、力を入れてソファを押して扉に押し当てて、内側からバリケードを作った。

その日の夜、ナディアのアパートメントからさして遠くはない地区の、ナディアの部屋のテラスと似ていなくもない屋上の部屋で、勇気ある男が携帯電話の懐中電灯機能の光を浴びて立って待っていた。ナディアの耳にも届く迫撃砲の音がときおり、さらに大きな音でこの男の耳にも届いた。その音で彼の部屋の窓は震えたが、といっても弱々しく震えているだけで、目下のところ割れる心配はなかった。勇気ある男は腕時計も懐中電灯も持っていなかったため、電波の届かない携帯電話がそのふたつを兼ねていた。彼は重い冬用のジャケットを羽織り、その内側には拳銃が一丁と、彼の手ほどの刃渡りのナイフがあった。

部屋の反対側にある扉は薄暗いなかでもさらに黒く、携帯電話の光があっても黒いままであり、そこからもうひとりの男が姿を現しはじめた。勇気ある男は正面扉のそばに陣取り、その男を眺めていたが、手助けするそぶりは見せなかった。勇気ある男は外の吹き抜け階段の物音を、より正確には外の吹き抜け階段で物音がしないことを確かめていて、持ち場に立って携帯電話を持ち、コートのポケットに入った拳銃の引き金に指をかけたまま、物音を立てずに見張っていた。

勇気ある男は内心では興奮していたが、薄暗いうえに顔は無表情なままだったのでそれを察することはできなかった。死ぬ覚悟はできていたが死ぬつもりはなく、生きていくつもりであり、生きているうちに成し遂げたいことはいくつもあった。

ふたり目の男は床に寝そべり、手をかざして光から目を守り、体力が戻ってくるのを待った。

体のそばには模造品のロシア製アサルトライフルがあった。正面扉に誰かがいることはわかったが、それが誰なのかはわからなかった。

勇気ある男は、片手に拳銃をかけたまま、じっと耳をすましている。

ふたり目の男は立ち上がった。

勇気ある男は携帯電話の光で合図をして、インクのような漆黒の深海で狩りをするチョウチンアンコウのようにふたり目の男を前に招き、手で触れられるほど近くに来たところでアパートメントの正面扉を開けた。ふたり目の男はそこを抜け、吹き抜け階段の静けさに足を踏み入れた。するとと勇気ある男は扉を閉め、またじっと立ったまま、次の男が現れるのを待った。


それから一時間のうちに、ふたり目の男はほかの多くの男たちと同じように戦闘に加わった。戦闘は長い中断を挟むことなくはじまっては激化するようになり、以前よりもはるかに残忍で一方的なものになっていた。

サイードとナディアの街での戦争は、親密な経験として姿を現した。戦闘員たちは体を寄せ合い、前線となるのは誰かが仕事に行く通りや妹が通う学校、おばの親友の家、いつもタバコを買う店だった。サイードの母親は、かつて自分の生徒だった男がピックアップトラックの荷台に載せた機関銃の照準を合わせて一心不乱に銃撃している姿を見たように思った。その男もサイードの母親を見たが向きを変えて撃ってはこなかったので教え子ではないかと思ったのだが、サイードの父親に言わせれば、べつの方向を撃とうとしていたところを見かけただけだろうということだった。母親が覚えていたのは、内気で、吃音があり、数学の問題をすらすら解いてみせた人のいい青年だったが、名前は思い出せなかった。ほんとうにその若者だったのだろうか。もしそうだとすれば、心配するべきなのか、安心するべきなのか。もし武装組織が勝つのなら、そちら側に知り合いがいるのは悪いことではないかもしれない。

驚くほどあっさりと、地区は次々に武装組織の手に落ちていったため、サイードの母親にとっては人生のすべてを過ごしてきたその街の認知地図は古いキルトのようになり、政府の支配地域と武装組織の支配地域がつぎはぎ模様を作っていた。当て布のあいだでほつれかけた継ぎ目のところがもっとも死の危険が高く、なにがなんでも避けねばならなかった。いつもの肉屋や、かつてお祝い用の衣装を作る布を染めてくれた男はそうしたすきまに消えていき、構えていた店は粉々になって瓦礫とガラスの破片だけになっていた。

そうした時期、人々は姿を消し、生きているのか死んでしまったのかは、少なくともしばらくは誰にもわからなかった。ナディアはあるとき、わざと実家の前を通ってみた。家族と話がしたかったからではなく、家族がまだそこにいて元気にしているのかどうか確かめたかったからだが、彼女が捨てた家に人がいまでも住んでいる気配はなく、どうやら空き家になっているようだった。もう一度訪ねてみたときには、家はもはやもとの姿をとどめてはいなかった。小型の車ほどの重さのある爆弾によって、建物は崩壊していた。家族がどうなったのかナディアには知るよしもなかったが、危険が及ぶ前に旅立っていてくれたら、といつも願った。街が手に入るのなら街が潰れてしまってもかまわないと考えるような双方の戦士たちによる破壊の手を逃れていてくれたら、と。

ナディアとサイードは幸運だった。ふたりの家はしばらくは政府が掌握する地域にあり、最悪の戦闘も、武装組織に占領されているだけでなく反体制的とみなされた地区への報復として軍が要請した爆撃も、ほとんど経験せずにすんだ。

サイードの上司は目に涙を浮かべつつ、営業を停止しなければならないと従業員たちに伝え、期待に応えられなくてすまない、情勢が落ち着いて代理店が業務を再開したときにはかならず全員が仕事に復帰できるようにする、と言った。その取り乱した様子を見ていると、最後の給与を受け取る従業員たちは自分たちが慰める側になっているような気がした。上司は立派で心優しい男だと思った。心配になるくらいだった。そうした男にとっては厳しい時代だった。

ナディアのオフィスでは給与課が給与の小切手を出さなくなり、数日のうちに誰も出勤しなくなった。お別れの会、少なくとも彼女が参加してのお別れの会はなく、警備員が真っ先に消えてしまったため、給与のかわりに現物を持っていくという穏やかな略奪行為がはじまり、従業員たちは持ち出せるものを持ち出した。ナディアはキャリーケースに入った二台のノートパソコンと、オフィスと同じ階にあった薄型テレビを持ち上げてみたが、バイクに載せるのは無理だろうと思ってテレビのほうはあきらめ、陰気な顔の同僚に譲ると、ていねいなお礼の言葉をもらった。

街では、人と窓との関係が以前とは違うものになった。窓とは、死が入ってくるとすればその可能性がもっとも高い境界だった。かなり勢いを失った弾でさえ、窓は止めることができない。屋内から外が見える場所とはすなわち、銃弾が飛び交うかもしれない場所だった。それだけでなく、窓ガラス自体も、近くで爆発があればあっさりと危険な破片に変わってしまう。飛び散るガラス片で誰かが全身に傷を負って大量に失血してしまったという話は、誰もが耳にしていた。

窓の多くはすでに割れていた。残った窓も取り外してしまうほうが賢明だったが、当時は冬だったので夜は冷え込み、ガスも電気もしだいに供給不足で届かなくなってくると、寒さを少し和らげてくれる窓はそのままにされた。

サイードと両親は、窓を外すかわりに部屋を模様替えした。本をずらりと並べた本棚で寝室の窓をぴったりとふさぎ、視界にガラスは入らないが端のほうから光がしみ込んでくるようにして、居間にある高い窓にはサイードのベッドやマットレスを立てかけ、ベッドの脚をまぐさで支えるようにした。サイードは床に敷物を三枚重ねて寝床にした。そのほうが腰にいいから、と両親には言った。

ナディアは、いつもであれば段ボール箱の梱包に使うテープを窓の内側に貼り、その上に丈夫なごみ袋を当てて窓枠に釘打ちした。予備のバッテリーが充電できるくらいの電気があるときは部屋のなかをぶらぶら歩き、ひとつだけの裸電球をつけてレコードを聴くと、戦闘の耳障りな音はいくぶん和らげられた。ナディアは窓のほうに目をやり、黒く形のない現代アート作品に少し似ていると思った。

扉が人々に及ぼす効果も、以前とは違うものになった。死の罠と化した国から遠く離れたべつの土地に連れていってくれる扉がある、という噂が出回るようになった。そうした扉を通っていった人の知り合いがいると主張する人もいた。なんの変哲もない扉が特別な扉に変わるのだ、どんな扉にも前触れなしにそれが起きうるのだ、と。ほとんどの人はそうした噂をただの世迷《よま》い言《ごと》だと片付け、まともには取り合わなかった。それでも、ほとんどの人は、自分たちの家にある扉を少し違う目で見るようになった。
ナディアとサイードも、そうした噂について話し合い、くだらないと口では言った。だが、ナディアは毎朝目を覚ますたびに、部屋の玄関扉、バスルームやクローゼットやテラスの扉を見つめた。サイードも毎朝、自分の部屋で同じことをした。どの扉も何の変哲もなく、隣り合うふたつの場所のあいだの行き来をできるようにしたりできなくしたりするスイッチであり、開いているか閉まっているかのどちらかだったが、ひりつくような非現実的な可能性を頭に入れて眺めてみれば、どの扉もどこか生気を帯び、あざ笑う力のある物体となった。遠くへ行きたいと望む者たちの望みをあざ笑い、枠からそっと、そんな夢は愚か者の夢でしかないとささやいてくるのだ。

仕事がなくなると、サイードとナディアが日中に会うにあたっての障害は戦闘だけになったが、それは深刻な障害だった。まだ放送を続けている数少ない地元の放送局が戦況は順調に推移していると言っていた一方で、国際的な放送では、戦況はかなり悪化しているとも、かつてない難民や移民の波が富裕国に押し寄せ、壁やフェンスを建設して国境を強化してもあまり効果が上がっていないようだとも言われていた。武装組織には独自のラジオ局があり、ひどく不安になるほど艶っぽい声で滑舌のいいアナウンサーがゆっくりと慎重に話し、速度は落としているがラップのようなリズムの口調で、街の陥落は間近に迫っていると主張していた。真相がどうであれ外をうろうろするのは危険だったので、サイードとナディアはもっぱら彼女の部屋で会っていた。

ぼくの家に引っ越してこないか、とサイードはナディアに言ったことがあった。両親には事情を説明できるし、きみはぼくの部屋で寝て、ぼくは居間で寝ればいい。べつに結婚する必要はなくて、ぼくの両親に敬意をもって家のなかでは節度を守ればいいわけだし、いまはひとりで暮らしていけるような状況じゃないから、うちに来るほうがきみにとっても安全だ、と。女がひとりで暮らすのはとりわけ危険だ、とまでは彼は言わなかったが、サイードがそう思っていることも、それが正しいことだともナディアにはわかった。それでも、答えははぐらかした。その話をしたことで動揺させてしまったと知った彼はそれきり口には出さなかったが、提案はそのまま残り、彼女はじっくり考えた。

ナディア自身も、この街で若い女がひとり暮らしを続けていくにあたって直面する危険は手に負えないものになりつつあることを認めはじめていた。サイードが車で会いに来て帰っていくたびに心配になるのも、同じくらい大きな問題だった。だが、心のどこかでは、サイードの家で暮らすこと、そもそも誰かと一緒に暮らすことに対する抵抗感があった。あれだけの苦労をして家から出て、しばしば寂しい気持ちになるとはいえ、小さな部屋にも、そこで築いてきた生活にも愛着があった。サイードの礼儀正しい恋人として、そして妹として、彼の両親のすぐそばで生活するというのも、かなり奇妙なことに思えた。そのまま結論を先延ばしにしてもおかしくなかったが、そんなときにサイードの母親が死んでしまった。大型の流れ弾が一家の車のフロントガラスを突き抜け、母親の頭の四分の一を吹き飛ばしてしまったのだ。彼女はもう何か月も車を運転していなかった。そのときも、イヤリングを置き忘れてしまったのではと思って車内を確かめていただけだった。葬儀の日に、ナディアは初めて一家のアパートメントを訪れ、サイードと父親の様子を目にすると、せめてもの慰めと助けになろうとその夜は泊まっていき、ふたたび自分の部屋で夜を過ごすことはなかった。

第五章

戦闘があったせいで、そのころの葬儀はささやかにそそくさとすまされるのがつねだった。場合によっては、正式な墓地まで行くことが不可能なため、中庭や雨のかからない道路脇に死者を埋めるほかない家族もあり、亡骸がひとつ埋められると、そこにほかの亡骸も続々と葬られ、即席の墓地があちこちにできていった。誰も使っていない公有地にひとりが住みつけば、そこからスラム街がひとつでき上がっていくのと同じように。

不幸のあった家には、何日にもわたって親戚や弔問客が詰めかけるのが習わしだったが、それも街のなかを移動することにつきまとう危険によって制限され、サイードと父親に会いに来る人たちもいるにはいたとはいえ、ほとんどはひっそりと訪れ、長居はせずに立ち去っていった。ナディアとはどういう関係なのか、と故人の夫や息子に訊ねていいような場ではなかったので、誰もそう口にはしなかったが、知りたげな視線を向ける人もいた。当のナディアは、その視線を浴びながら黒いローブを着てアパートメントを動き回り、紅茶やビスケットや水を客に出し、ただし礼拝はしていなかった。とはいえそれは、人前では礼拝していないだけで、いまは人々の世話をするのに忙しく、あとで礼拝するような雰囲気だった。

サイードはかなり頻繁に礼拝をし、彼の父親も、弔問に訪れた人々も礼拝し、なかには泣く者もいたが、サイードが泣いたのは初めて母親の亡骸を見て金切り声を上げた一度きり、サイードの父親が泣いたのは自分の部屋でひとりきりになったときだけであり、そのときも声は上げず涙もなく、全身が言葉につかえたか震えたようになって収まらなかった。果てしない喪失感に襲われたからでもあり、世界は慈悲深いのだという感覚を揺さぶられてしまったからでもある。彼にとって、妻は親友だった。

ナディアはサイードの父親を「お父さん」と呼び、父親のほうはナディアを「娘」と呼んだ。ふたりが初対面のときから、おたがいにそう呼び合うべきだと思えたし、血縁関係がなくとも、若者と老人のあいだでは適切な呼びかけかただった。それに、サイードの父親をひと目見たときから、その穏やかさが父親のようだとナディアは感じていて、自分の子どもに対するように、あるいは子犬に、あるいはもう薄れかけているのがわかる美しい思い出に対するように、守ってあげたいという愛おしい気持ちになった。

ベッドを譲るというサイードの父親の申し出をナディアは断り、以前はサイードが使っていた部屋の床に絨毯と毛布を重ねて寝た。サイードは似た山を居間に作って寝床にして、サイードの父親は自分の部屋で眠った。人生のほとんどの夜をその部屋で過ごしてきたが、最後にひとりで寝たのはいつだったのか思い出せず、そのせいで、もはやなじみのある部屋ではなくなっていた。

毎日、写真やイヤリング、あるとき着けていったショールなど、妻の持ち物にサイードの父親は出くわし、そのたびに、人が「現在」と呼ぶその時点からべつの時に連れていかれた。毎日、ナディアは本や音楽のコレクションや引き出しのなかに貼ったステッカーなど、サイードの過去を語る持ち物に出くわし、自分が子どもだったときの気分を味わうとともに、両親や妹はどうなったのかという思いに苛まれた。サイードのほうは、もう何年も前に遠方や外国から親戚が訪ねてきたあいだだけそこで寝ていた大きな部屋にまた寝泊まりするようになったせいで、懐かしい時代を思い出していた。ひとつのアパートメントを共有する三人はこうして、さまざまな時の流れを越えて幾重にも重なり合い、交錯した。

サイードの住む地区は武装組織の手に落ちていたため、近くでは小規模な戦闘は少なくなっていたが、それでも空から大型の爆弾が投下されることがあり、爆発には自然災害を思わせるほどの威力があった。サイードはナディアがいてくれることをありがたく思った。ナディアのおかげで、アパートメントに立ち込める沈黙の質が変わり、それを言葉で埋めるわけではなくても、寒々しさが和らいでいる。それに、ナディアといるおかげで父親にもいい影響があった。思い出してみれば、若い女性と一緒にいるときの父親は礼儀正しくなり、ともすれば果てしなく夢想にふけってしまうのをやめて、「いま」と「ここ」にしばらく目を戻してくれる。ナディアが母親と会うことができていたらよかったのに、とサイードは思った。母親にもナディアを引き合わせてあげたかった、と。

サイードの父親が寝室に下がると、ときおり、サイードとナディアはしばらく居間で並んで座り、体を寄せ合って親しさと温もりを確かめ、手をつなぐこともあったとはいえ、せいぜいベッドに入る前におやすみのキスを頬にするくらいで、無言でいることが多かったが、声をひそめて話をすることもよくあった。街から逃れる方法、扉をめぐる果てしない噂、冷蔵庫の正確な色、ぼろぼろになっていくサイードの歯ブラシ、風邪を引くとうるさくなるナディアのいびきなど、他愛ない話だった。

その地区にはもう電気がなく、ガスも水道も通らなくなり、自治体機能が完全に崩壊していた。ある夜、パラフィンランプのゆらめく光のなかでふたりがそうやって毛布にくるまって体を寄せ合っていると、サイードが口を開いた。「きみがここにいるのは自然に思えるよ」

「私もそう思う」とナディアは答え、サイードの肩に頭を預けた。

「世界の終わりって、居心地がいいこともあるかも」

ナディアは笑い声を上げた。「そうかも。洞窟みたいに」

しばらくして、彼女は付け加えた。「あなたの体の匂い、洞窟に住んでる原始人みたいになってる」

「きみは木を燃やしたみたいな匂いだ」

サイードを見つめるとナディアの体は固くなったが、愛撫したい思いは抑えた。

ナディアの地区も武装組織の手に落ち、ふたつの地区のあいだの交通に支障がなくなったと耳にすると、ナディアが自分の持ち物をまとめられるようふたりは彼女の部屋に戻った。建物は損傷していて、通りに面した壁は一部がなくなっていた。一階にあった予備電力バッテリーの店は略奪されていたが、階段に通じる金属の扉は閉まったままで、建物全体としてはそれなりに無事なようだった。大掛かりな改修は必要だが、崩れかけているわけではない。

ナディアが窓に貼ったごみ袋はそのままだったが、一枚は窓ともども破れていて、かつては窓ガラスがあったところには青い空がのぞいていた。いつになく晴れ渡っていて気持ちのいい空の遠くには、細い煙の柱が一本だけ立ち昇っていた。ナディアはレコードプレーヤーとレコード、服と食べ物、干からびてはいるが蘇るかもしれないレモンの木、そして鉢植えの土に埋めて隠しておいたお金と金貨を持っていくことにした。サイードとふたりでそれらの持ち物を運び、彼の車の後部座席に積み込むと、下げたウィンドウからレモンの木の先が突き出した。帰る途中の武装組織の検問所で車のなかを捜索されたときのことを考え、お金と金貨は鉢植えから出さずにそのままにしておいたところ、実際に捜索されたが、ふたりを止めた武装兵は疲れきってぴりぴりしているようで、缶詰を受け取ると車を通した。

ふたりが帰ってくると、レモンの木を目にしたサイードの父親は、数日ぶりかという笑顔を見せた。三人でベランダにその木を移したが、手早くすませた。下の通りで、武装した外国人風の男たちの一団が集まり、三人にはわからない言葉で言い争いをしていたからだ。

レコードプレーヤーとレコードを、ナディアはサイードの部屋の見えないところに置いておき、サイードの母親の喪が明けても取り出しはしなかった。武装組織には音楽を禁止されていたうえに、アパートメントは前触れなく捜索されるかもしれなかったからだ。実際、すでに真夜中に扉を乱暴に叩いての捜索の手が入っていた。そもそもレコードをかけようにも電気がなく、アパートメントにある予備の電池を充電するのもままならなかった。

夜にやってきた武装組織は、特定の宗派の人間を探していた。身分証を見せろと言って全員の名前を確かめたが、幸運にもサイードの父親もサイードもナディアも追跡されている宗派と関わりのある名前ではなかった。上の階に住む一家は、それほど幸運ではなかった。夫は床に押さえつけられて喉を切り裂かれ、妻と娘は引きずり出されていった。

死んだ上階の住人の血は床のひび割れからしみ込み、サイードの家の居間の天井に染みを作っていた。一家の叫び声を耳にしていたサイードとナディアはどうにか勇気を出し、亡骸を運び出して葬ろうと上がったが、処刑者たちに持ち去られたのか亡骸は見当たらず、血はすでにかなり乾いていて、アパートメントに水たまりを描いて階段に不ぞろいな筋をつけたようになっていた。

翌日の夜、あるいはその次の日の夜、サイードはナディアの部屋に入り、はじめて節度を破った。両親への敬意に欠けることはするまいと決意していたにもかかわらず、恐怖と欲望に駆り立てられたサイードはそのあと毎晩部屋にやってきて、ふたりはおたがいの体を触り、撫で、味わったが、いつもセックスの一歩手前でやめにして、ナディアもセックスしたいとはもう言い張らず、いまではセックス抜きですませる方法をいくつも見つけていた。彼の母親はもうこの世にはなく、父親はその手のロマンティックなことにはまったく関心がないようだったので、ふたりはこっそり触れ合い、自分たちのような未婚の恋人たちが見せしめに処刑されているという事情が、怖れの入りまじった切迫感と激しさを交わりにもたらし、そのせいで奇妙な恍惚感に近づくこともあった。

武装組織が街を掌握し、最後の大規模な抵抗拠点も消滅させると、不完全な平穏がもたらされ、それを破るのは空高くから爆弾を投下するドローンや航空機など、ネットワーク化されて肉眼では見えない機械と、公的であれ私的であれ絶えず行われる処刑によって季節の祝祭の飾りのように街灯や看板から吊るされる死体だけだった。処刑は波のように押し寄せては引き、ある地区が粛清の波に洗われたあとはそれなりにひと息つけるが、それも誰かが何らかの違反をするまでのことだった。かなり気まぐれに罰が下されるように思えることはよくあっても、違反行為への罰はつねに容赦がなかったからだ。

サイードの父親は毎日、自分にとっても生き残った親戚たちにとっても兄のような存在である従兄の家を訪ねていき、そこで老いた男女と一緒に腰を下ろして紅茶やコーヒーを飲みながら思い出話にふけった。誰もがサイードの母親のことをよく知っていたので彼女の話題を披露することができた。サイードの父親は妻の死という現実の大きさが毎朝胸にしみるせいで彼女が生きているとは思わなかったが、その家にいると、かすかにではあっても、妻がそばにいてくれるような気がした。

　サイードの父親は毎晩帰宅する途中で妻の墓に立ち寄り、しばらくそこで過ごした。あるとき、墓の前に立っていると、サッカーをしている男の子たちが目に入り、同じ年ごろのときの自分もサッカーがうまかったことを思い出して心が浮き立ったが、よく見ると、それは男の子たちというよりは十代の若者たちであり、蹴っているのはボールではなく斬り落とされたヤギの頭だった。野蛮人どもめ、と彼は心のなかでつぶやき、それからふと、それはヤギの頭などではなく、髪とあごひげのある人間の頭なのだと気がつき、それは見間違いだ、光が薄らいでいるせいで目の錯覚を起こしたのだと信じたい気持ちから自分の胸にそう言い聞かせ、もう見るのをやめようとはしたが、若者たちの表情には、それがまぎれもない人間の頭だということをほぼ確信させる何かがあった。

　サイードとナディアはそのころ、街から出る方法を見つけようと必死だった。陸路はどれも試すには危険が大きすぎるというもっぱらの噂だったため、扉を使っての移動を確保できるかどうか調べてみることになった。いまでは、扉はあるとほとんどの人が信じているようだった。扉を使うことも、隠し持っておこうとすることもまかりならぬ、と武装組織が宣言していて、例のごとく死刑でもって罰すると告知がなされていたこともその理由であり、短波ラジオを持っている人々によれば国際的に著名なニュースキャスターたちも扉は存在すると認めたという話で、世界各国の首脳が大きな国際的危機として議論しているという情報があったことも理由だった。

　ある友人からの助言にしたがい、サイードとナディアは外に出るのは夕暮れどきにした。ふたりとも服装の決まりにしたがった格好で、サイードはひげの決まりにしたがってあごひげを伸ばし、ナディアは髪の決まりにしたがって髪を隠していたが、道路の端のほうから離れず、なるだけ物陰にいて、人目を避けつつも避けているとはわからないようにしていた。吊り下げられている死体のそばを通ったが、ほとんど臭いはせず、風下に行ったときに耐えがたいほどの悪臭が鼻を襲ってきた。

暗くなっていく空のはるか上を飛ぶロボットは、目には見えないとはいえ、そのころには人々の頭から離れることはなくなっていたため、それがいつ爆弾やミサイルを発射するかわからないとびくびくしているかのようにサイードは少し背中をかがめて歩いた。それとは逆に、やましいことがあると思われたくなかったナディアは背筋をまっすぐ伸ばして歩き、もしふたりが呼び止められて身分証をチェックされ、彼女の身分証には彼が夫だという記載がないと言われたとしても、その尋問者を家に連れていって、ふたりの結婚証明書だという偽造の書類を見せて信じてもらおうと思っていた。

ふたりが探していた男は「代理人《エージェント》」と名乗ったが、それが移動を専門にしているからなのか、秘密裡に動いているからなのか、それとはべつの理由からなのかはわからなかった。その男と落ち合うことになっていたのは、焼け落ちて迷宮のようになったショッピングセンターの薄暗い内部で、出口や隠れ場所は無数にあり、そのせいでサイードは彼女が来ないよう説得すればよかったと後悔し、ナディアはふたりとも懐中電灯か、それが無理ならナイフを持ってくるべきだったと後悔した。ふたりはまわりがほとんど見えないまま立ち、しだいに不安を募らせつつ待った。

代理人が近づいてくる足音は聞こえなかった。もしかすると最初からそこにいたのかもしれないが、すぐ後ろで声がしたのでふたりはびくりとした。穏やかな、優しげと言っていい声音で代理人は話し、そのささやき声は詩人か精神病質者《サイコパス》を思わせた。彼はふたりに、そのまま振り向かずに立っているよう指示した。ナディアには頭にかぶったスカーフを取るように言い、どうしてなのかと彼女が訊ねると、これは命令だと言った。

代理人が首を触ろうとしているくらい近くにいるような気がしたが、ナディアには彼の息づかいは聞こえなかった。遠くで響く小さな物音を耳にして、ナディアとサイードは代理人がひとりではないのかもしれないと気がついた。扉はどこにあるのか、どこに通じているのかとサイードが訊ねると、代理人は、扉はいたるところにあるが、大事なのは武装組織にまだ見つかっておらず警護されていない扉を見つけることで、それには少し時間がかかるかもしれないと言った。代理人から金を要求され、サイードは渡したが、それが頭金なのか、単に奪われているだけなのかはよくわからなかった。

家路を急ぎつつ、サイードとナディアは夜空を見上げ、電灯がなくなったうえに燃料不足でほとんど車の往来がないせいで澄んで迫力のある星空と、あばただらけの明るい月を見て、自分たちがいましがた代金を払った扉はどこに通じているのだろう、山岳地帯か平原のどこかなのだろうか、海岸のほうだろうかと思った。それから、息絶えたばかりのやつれた男が通りに横たわっている姿を目にした。傷を負ったようには見えなかったので、飢えか病気のせいだろう。アパートメントに戻ると、サイードの父親に、いい知らせになるかもしれないと伝えたが、父親は妙に無言で、ふたりが何か言葉を待っていると、最後に「望みを持とう」とだけ言った。

何日も経ち、代理人からは何の連絡もなく、連絡ははたして来るのだろうかとサイードとナディアが不安になっていたころ、ほかの土地ではほかの家族が移動していた。そうした家族のひとつ、母親と父親、娘と息子の四人家族が、建物内部にある通用口の完全な暗闇から姿を現した。かれらは柱脚が並ぶ広大な空間にいて、その頭上にはガラス張りの高層ビル群に高級アパートメントが入り、開発業者からはまとめて「ジュメイラ・ビーチ・レジデンス」と名づけられていた。一台のセキュリティーカメラに映るその一家は、無菌の人工照明のなかでまばたきしつつ、越境から体力を回復させようとしていた。それぞれ肌は黒くほっそりした体つきで、まっすぐ立ち、映像には音声データがないが解像度は十分にあり、唇の動きを読み取るソフトウェアを使えば、かれらが話しているのはタミル語だとわかった。

少しの間を挟んで、べつのカメラに捉えられた一家は広間を横切っていき、二重の重い防火扉を閉めている横棒を押して扉を開くと、ドバイの砂漠の眩しい日光が解像センサーの感度をはるかに超え、四人の姿は細くなって実体を失い、白い光にのみ込まれていったが、同時に三台の屋外監視カメラが一家を捉えていた。小さな人影がよろめき出ていく幅の広い歩道、遊歩道の横には一方通行の大通りがあり、一台は黄色、もう一台は赤色でツードアの高級スポーツカーがのんびり走り、その高速回転エンジンが高い音を立てたことが、女の子と男の子が仰天する様子から伝わってきた。

両親は子どもたちの手を握り、どちらに向かえばいいのかわからず途方に暮れているようだった。ビル群から離れて海のほうに引き寄せられていくところを見ると、一家は都市ではなく海岸の村の出身なのかもしれない。複数の角度から捉えられた四人は手入れの行き届いた歩道を進んで砂地を抜けていき、両親はときおりささやき合い、子どもたちは、もっぱら白人の観光客たちがほとんど裸になってタオルを敷いて横になったりラウンジチェアに座っている姿に目を向けている。観光客の数は冬のハイシーズンにしては例年よりはるかに少ないのだが、子どもたちはそれを知るよしもない。

かれらの頭上五十メートルのところに、小さな四翼のドローンが聞こえないほど小さな音で滞空し、撮影した映像を、中央管理室と、特徴のない一台のセダン、窓に格子が入った記章入りのもう一台のバンに中継していた。そのバンから制服姿の男がふたり出てくると、はっきりと行き先を知っている足取りでありながら観光客を不安にさせないくらいの速度で歩きはじめ、一分ほどすればタミル語を話す一家と出会うような道筋を進んでいった。

そのあいだ、一家はさまざまな観光客が自撮りする携帯電話のカメラ映像にも映っていて、団結した一群というよりはばらばらの個人のようにそれぞれ違う様子を見せていた。母親は通りかかる女性たちと視線を合わせてはすぐに目を伏せ、父親はポケットやリュックサックの底を軽く叩いて、破れたり濡れたりしていないか確かめるような仕草を見せ、娘は、スカイダイビングの客が近くの桟橋を目指して次々に急降下してきて最後に減速し、全速力で走って着地するのをじっと眺め、息子は足に当たるジョギング用のゴム製の地面を一歩ごとに確かめていた。その一分が過ぎると、四人は捕らえられて連れていかれたが、戸惑っていたのか威圧されたのか、手をつないだまま、抵抗することも、散り散りに逃げ出すこともしなかった。

サイードとナディアのほうは、屋内にいるときには電気がないおかげで遠隔操作の監視からはある程度逃れられていたとはいえ、武装した男たちが前触れなく捜索に入ってくることはありえた。そして屋外に出れば、すぐに空や宇宙から町を見下ろすレンズの数々、武装兵たちの目、それに誰であっても全員であってもおかしくない密告者たちの目にさらされることになる。

以前は私的だったが、いまや人前でしなければならなくなったことに、排泄があった。水道に水が通っていないため、サイードとナディアの住む建物のトイレはもう使えなかった。住人たちは裏にある小さな中庭に深い溝をふたつ掘り、男性用と女性用にすると、洗濯物を干すためのひもに分厚い布をかけて仕切りを作り、みながそこで腰をかがめて用を足すほかなかった。雲の下、悪臭は無視して、顔は地面に向け、その行為を見られたとしても、誰がそれをしているのかは秘密にしておけるようにした。

ナディアのレモンの木は何度も水をやったが復活することはなく、干からびた葉を何枚かつけて枯れたままベランダに置かれていた。

意外かもしれないが、この状況にあっても、街から出る手段を探すことについてのふたりの態度ははっきりしなかった。サイードは出ていきたくて気がはやっていて、ある意味では昔からずっとそうだったが、想像していたのはあくまで少しだけ、一時的に出ていくだけで、永遠に別れを告げるとは思ってもいなかった。ところが、ここにきて浮上してきたのは、それまでの想定とはまったく違い、もう戻ってはこられないという可能性だった。親戚も合わせての家族や友人や知り合いがばらばらになってしまうことがひどく悲しく、自分の家だけでなく故郷を失うように思えた。

ナディアはそれ以上に気がはやっていたかもしれない。彼女はそもそも、何か新しいことや変化があるかもしれないとなると楽しみになってしまう性格だった。その一方で不安につきまとわれてもいて、人に頼りきりになることや、国を出て外国に行くことで、自分も、サイードも、サイードの父親も他人の思うがままになってしまい、施しに頼って生きることになり、害獣のように閉じ込められてしまうのではないかという不安があった。

それまでも、そしてそれからもずっと、人生で起きるさまざまな変化に対してはサイードよりもナディアのほうが前向きだった。サイードのほうが郷愁の念が強かったのは、彼がよりのどかな子ども時代を送ったせいかもしれない。単に気性のせいかもしれない。とはいえ、どんな不安があってもチャンスがあれば出ていくことにふたりともためらいはなかった。そのため、ある朝、代理人からの手書きのメモがアパートメントの扉の下に差し込まれていて、翌日の午後に行くべき詳細な場所と時刻を指定されていることがわかったとき、サイードの父親が口にした言葉にふたりとも虚をつかれた。「ふたりで行きなさい。私は行かないから」

そんなわけにはいかない、とサイードとナディアは言い、父親が勘違いしているのかと思い、代理人には三人分の料金を払っているから何も問題はないし、一緒に出ていくのだと説明した。サイードの父親は最後まで話を聞きはしたが、頑として譲らなかった。ふたりで行きなさい、私は残らないといけない、と繰り返した。どうしてもというなら父さんを背負っていく、とサイードは言い、息子がそんな口のききかたをするのは初めてだったため、つらい思いをさせているとわかった父親は息子とふたりきりで話をすることにした。どういうつもりなんだ、なんだってここに残りたいと思うんだ、とサイードに訊ねられると、父親は言った。「母さんがここにいるだろう」

「母さんはもういないじゃないか」とサイードは言った。

「私にとってはそうじゃない」

ある意味で、それは本心からの言葉だった。サイードの父親にとっては、サイードの母親は完全にはいなくなってはいなかった。妻と一生をともに過ごしてきた土地を離れ、毎日墓を訪れることができないという思いをしたくはなかった。ある意味では、過去にとどまっていたかった。彼にとっては過去のほうが豊かだったのだから。

父親は未来についても考えてはいたが、それを口にすれば息子は自分も行かないと言い出すかもしれず、何よりも息子は出ていくしかないのだとわかっていた。だから、こうは言わずにおいた——親としての人生において、自分はすでにある時点に達していて、洪水が襲ってきたときには若かったころの本能とはまったく逆に自分の子どもを手放してやらねばならない。子どもから離れずにいることはその子を守ることにはならず、かえって足手まといになって溺れさせてしまうからだ。子どもはもう親よりも強くなっているのだし、いまは何よりも強さが必要になる状況であり、子どもの人生の軌跡は親の軌跡としばらく一致しているように見えても、じつのところは片方がもう片方の上に乗っていて、山の上に山、曲線の上に曲線が重なっているだけであり、サイードの軌道はこの先上昇していくが父親の軌道は低くなっていくべきだった。若いふたりの重荷になる老人は、生き残る可能性が低いからだ。

父親はサイードに言った。おまえのことを愛している、今回は私の言うことに逆らってはいけない、息子にあれこれ指図すべきでないと思って生きてきたが今回ばかりは指図させてもらう、と。この街にいてもサイードとナディアには死が待っているだけだし、いつか状況がもっとましになれば戻ってくればいい。そう口にしながらも、その日が来ることはなく、父親が生きているうちにサイードが戻ってくることはないとふたりともわかっていて、そしてじつのところ、まだ始まりにすぎないこの夜を最後に、サイードがふたたび父親と同じところで夜を過ごすことはなかった。

父親は次にナディアを部屋に呼び、サイード抜きで話をした。きみに息子の命を預ける、いまでは娘と呼んでいるのだから、娘として、父と呼ぶ私の期待を裏切ることなくサイードを安全なところに連れていってほしい、と父親は言った。いつかきみが息子と結婚して、孫も作ってくれたらとは思うが、それはふたりが決めることだし、私から頼むのは、サイードが危険な身でなくなるまでそばにいてくれることだけだ、と。それを約束してもらえるか、と訊かれたナディアは、もし一緒に行ってくれるなら約束します、と言った。私は行けない、ふたりで行きなさい、とそっと繰り返す父親の言葉は、祈りのようだった。ナディアは彼のそばに無言で座り、何分もそのまま黙っていたが、最後には約束した。そのときの彼女にはサイードと別れるつもりはなかったため、その意味では簡単にできる約束だったが、約束すればこの老いた男を捨てることになると思えば、簡単にできる約束ではなかった。もし父親にきょうだいやいとこたちがいて、その人たちのところに行って一緒に暮らすなり、その人たちに来てもらって一緒に暮らすなりといったことができたとしても、かれらにはサイードとナディアのようには父親を守ることはできないだろうから、要求されたとおりに約束することは、ある意味では父親を殺しているようなものだったが、人生とはそういうものだ。移住するとき、私たちは、あとに残してきた人々を人生から抹殺してしまう。

第六章

その夜、つまりは街を出る前日の夜、ふたりはほとんど眠れなかった。朝になるとサイードの父親はふたりを抱きしめてお別れを言い、目を潤ませて立ち去ったが、たじろぐことはなく、こうしてふたりだけにするほうが、玄関扉から出ていくときに後ろから見送られていてつらい気持ちになるよりずっといいだろうと考えていた。その日はどこへ行くつもりなのか父親は言おうとはしなかったため、サイードとナディアはふたりきりになって父親を追っていくこともできず、空白のような静けさのなかでナディアは自分たちの小さめのリュックサックを何度も確認した。怪しまれたくはなかったので小さめのサイズだったが、どちらのリュックサックも、きつすぎる甲羅に閉じ込められたカメのように膨らんでいた。サイードはアパートメントの家具や望遠鏡、帆船の入った瓶を指先でなぞっていき、両親の写真をきっちりと折りたたむと、家族アルバムが入ったメモリースティックと一緒に服の内側に隠し、それから二度礼拝をした。

待ち合わせ場所までの徒歩の移動は、いつ終わるとも知れない時間だった。明らかに結婚している夫婦であっても男女が公衆の面前で手をつなぐことは禁じられていたため、サイードとナディアは歩きながら手はつながなかったが、ときおり体の横で手の甲が当たることはあり、その散発的な触れ合いがふたりにとっては大事だった。代理人によって武装組織に売られているという可能性は頭にあった。これがふたりの人生で最後の午後になるかもしれない。

待ち合わせ場所は市場の横、改装された家のなかにあり、ナディアはかつての自分の家を思い出した。一階にある歯科クリニックは、かなり前から薬も鎮痛剤もなくなっていて、前日の時点では歯科医もいなくなり、その待合室で武装兵のような男が片方の肩にライフルをかけて立っているのを見たふたりは衝撃を受けた。だが、その男は支払いの残額を受け取ると、座って待つよう言い、ふたりは混み合った部屋で座った。怯えた夫婦と小学生の子どもふたり、眼鏡をかけた若い男、服は汚いが裕福な家庭出身のように背筋を伸ばして座っている年配の女性がいた。数分おきに誰かが呼ばれて歯科医の診察室に入っていき、ナディアとサイードも呼ばれて入っていくと、そこにいた武装兵のような細身の男は皮膚のタコをむくか楽器をつま弾くように爪で鼻の端をほじっていた。その男が口を開くと、前に会った代理人だとすぐにわかった。

部屋は薄暗く、診察室と器具は拷問部屋のようだった。代理人は頭を動かし、かつては備品の棚に続いていた真っ黒な扉を指すと、「おまえが先だ」とサイードに言ったが、それまでは自分が先に行ってナディアがついてくるほうが彼女にとって安全だと思っていたサイードはここにきて気が変わり、自分が抜けていくあいだあとに残っているほうが危険かもしれないと思い、「いや、彼女が先だ」と言った。

べつにどちらでもいい、と言いたげに代理人は肩をすくめた。それまでナディアは出発する順番については考えたことがなかったが、ふたりにとって理想的な順番などなく、先に行ってもあとに行っても危険はあることに気がついた。ナディアは文句を言うことなく扉に歩いていき、近づくにつれてその暗さと不透明さに驚き、あちら側に何があるかが見えないだけでなくこちら側にあるものも映していないことに目を見張り、それが始まりでもあり終わりでもあるように感じて振り向くと、サイードは悲しみを浮かべた心配そうな目でじっと見つめていた。ナディアは彼の両手をぎゅっと握り、そして離すと、何も言わずに扉に入っていった。

そのころ、移動は死にも誕生にも似ていると言われていた。ナディアはその暗闇に入るときには消滅するような感覚になり、暗闇から出ようとするときにはあえぎつつもがいた。打ち身だらけの、濡れて冷えた体で、扉の反対側にある部屋の床に横になり、震えつつ、最初は疲労で立ち上がることもできず、どうにか空気を吸い込もうとしながら、この濡れた感覚はすべて自分の汗なのだと考えていた。

サイードが現れはじめていたため、ナディアは前に向かって這っていって彼のために場所を空けた。すると、流しや鏡、床のタイル、後ろに並ぶ個室がようやく見えてきた。個室の扉は、ひとつを除いてすべてふつうの扉だった。そのひとつである黒い扉を彼女は抜けてきて、いまではサイードが抜けてこようとしている。自分がどこかの公衆トイレにいることを彼女は理解し、じっと耳をすましたが音はなく、聞こえるのは自分の呼吸の音と、サイードが静かにうめく、運動しているかセックスしている男のような声だけだった。

ふたりは床に転がったまま抱き合った。まだぐったりしているサイードをナディアはそっと抱き、体力が戻ってくると一緒に立ち上がった。リイードは扉のほうを振り向き、来た道をたどって戻りたいと思っているようなそぶりになり、そばにいたナディアは何も言わずに見守っていた。彼はしばらくそのままの姿勢だったが、やがて前に足を踏み出し、ふたりで外に出てみると、そこは二軒の低い建物のあいだであり、耳に貝殻を当てたような音が響いていて顔には冷たいそよ風が当たり、海の匂いがして、よく見てみると砂地があり、灰色の低い波が寄せてきていた。それは奇跡ではなかったが、ふたりが浜辺にいることだけでも奇跡のように思えた。

その浜辺に沿ってビーチクラブがあり、バーやテーブル、大型の屋外用スピーカーや、冬なので重ねてしまってあるラウンジチェアがあった。看板はどれも英語といくつかのヨーロッパ系言語で書かれていた。ひと気はなく、サイードとナディアはそこへ行って海辺に立つと、波はふたりの足に届く寸前で止まってなめらかな砂にしみ込み、親が子どものために吹いてあげたしゃぼん玉が割れたような線を地面に残していった。しばらくすると、薄茶色の髪をした白い肌の男が出てきて、そこから離れるように言い、両手で追い払う仕草をしたが、敵意があるわけでもとくに無礼なわけでもなく、どちらかといえば手話の国際的なピジン方言で会話をしているような雰囲気だった。

ふたりがビーチクラブから離れると、丘の陰にある難民キャンプらしきもの、何百ものテントや粗末な小屋と、肌の色もさまざまな人々の姿が目に入った。肌の色はさまざまといっても、ほとんどはダークチョコレートからミルクティーまでの茶色の幅に収まる人々が、まっすぐに立てられたドラム缶のなかで燃える火のまわりに集まり、世界の諸言語で騒々しく話をしていた。通信衛星か、海底の光ファイバー回線を傍受するスパイのリーダーが耳にするような声だった。

その集団では誰もが外国人であるため、ある意味では誰も外国人ではなかった。ナディアとサイードは同じ国から来た男女の一団をすぐに見つけ、自分たちがいるのはギリシャのミコノス島だということを知った。夏には観光客を、そしてその年の冬には移民や難民たちを惹きつけているらしく、外に出ていく扉、つまりはより豊かな地域に通じる扉には厳重な警備がされているが、そこに入ってくる扉、貧しい地域からの扉はほとんどが放置されているようだった。みなが自分たちのいた土地に戻るだろうと期待してのことかもしれないが、戻る者はほとんどいなかった。あるいは、あまりに多くの貧しい地域からあまりに多くの扉が通じているため、そのすべてを警備することはできなかっただけなのかもしれない。

キャンプはかつてのゴールドラッシュ時代の交易所のようであり、セーターや携帯電話や抗生物質から、おおっぴらには言えないがセックスや麻薬までもが売られるか物々交換されていた。未来を見据える家族、弱い人々を見据える若い男たちの集団、背筋をぴんと伸ばした人々、ぺてん師たち、自分たちの命を危険にさらして子どもたちの命を救った人々、暗がりで音ひとつ立てずに男を絞め殺すやりかたを知っている人々がいた。島はかなり安全だ、とふたりは教えてもらった。安全でないときもあるが、それはどこでも同じことだ。危険な人間に比べればまともな人間のほうがはるかに数は多いが、暗くなったあとは、キャンプでほかの人たちのそばにいるに越したことはない、と。

ナディアが交渉役となってふたりがまず買ったのは、水と食料、一枚の毛布、ひと回り大きなリュックサック、たたんで小さな袋に入れて持ち運べる軽量の小型テント、携帯電話用の電力と現地で使える電話番号だった。キャンプの端にある丘を少し上がったところに、風が強すぎず岩がごつごつしすぎてもいない場所を見つけ、そこを仮の家とした。テントを張っていると、ナディアは子どもだったときに妹と遊んでいたままごとを繰り返しているような気分になり、サイードは自分がやんちゃな子どもになったような気分になり、ナディアは葉がまばらな茂みのそばにしゃがみ、彼にもしゃがむように言って、青空の下で隠れてキスしようとした。するとサイードは怒って顔を背け、そしてすぐに謝り、自分の頬をナディアの頬に当てた。ナディアは自分の頬をひげの生えた彼の頬に当ててサイードを落ち着かせようとしたが、その瞬間に彼が苦々しい気持ちでいることを知って驚いた。それまでの数か月、彼は一瞬たりとも苦々しかったことはなかった。母親を亡くしたときには悲しみに暮れて落ち込んでいたが、そのときですら苦々しかったり何かに心を蝕まれているようではなかった。ナディアから見て、サイードはいつも苦々しさとは真逆の、すぐに笑顔を見せる人間だった。サイードがあらためてナディアの手を握り、償いをするようにキスをしたときは安心したが、落ち着かない気持ちもあった。苦々しいサイードは、サイードではなかったからだ。

疲れきっていたふたりは、テントのなかで昼寝をした。目を覚ますと、サイードは父親に電話をかけようとしたが、通話はつながりませんと自動音声に言われ、ナディアはチャットアプリとソーシャルメディアで人とつながろうとすると、オークランドにたどり着いていた知り合いとマドリードにたどり着いていた知り合いからすぐに返事をもらった。

ナディアとサイードは並んで地面に座り、最新のニュースに追いつこうとした。世界の激動、ふたりの国の情勢、移民や難民たちがおたがいに勧める各種のルートや目的地、自分の利益をうまく確保するやりかた、なにがなんでも避けるべき危険。

午後遅くにサイードは丘の頂上に行き、ナディアも丘の頂上に行き、そこから島全体とその向こうに広がる海を見渡した。サイードはナディアが立っているそばに立ち、ナディアはサイードが立っているそばに立ち、風に髪を押されたり引かれたりして、ふたりはおたがいのまわりを見たが、おたがいの姿は見なかった。ナディアは彼より先に行き、サイードは彼女のあとに行ったからだ。ふたりとも、丘の頂上にいたのはほんの少しだけ、しかも違うときだった。

サイードが丘を下っていき、テントのそばで座っているナディアのところに向かっていたそのとき、ウィーンでは、若い女が勤務先である現代美術の画廊から出るところだった。その前の週にサイードとナディアの国出身の武装兵たちがウィーンに渡って市街で銃を乱射し、丸腰の人々を虐殺して姿を消していた。ウィーンではかつてなかったような殺戮の午後だった。かつてなかったといっても、ひとつ前の世紀での戦闘以来ついぞなかったような、さらにそのひとつ前の世紀にもなかったような事態だったという意味で、過去にあった戦闘は相当な規模のものであり、歴史の歩みにおいてウィーンは戦争と無縁だったわけではなかった。武装組織としては自分たちの地域からウィーンに流入していた移民と難民たちに対する反発を引き起こしたかったのかもしれず、もしそれが狙いだったとすれば成功していた。その証拠に、画廊から出てきた若い女は、移民や難民たちを襲撃するために暴徒が動物園近くに集結していることを知った。誰もがそれについて話をしたりメッセージをやりとりしていて、彼女は難民や移民と暴徒を分ける人の列に加わろう、むしろ反移民を掲げる人々から難民や移民たちを守ろうというつもりでいた。若い女は外套にピースバッジと、プライドのレインボーバッジ、赤いハートマークの内側に黒い扉の柄によって難民や移民への共感を示すバッジをつけていて、電車に乗ろうと待っているときに、駅の人混みがいつもの人混みとは違い、子どももお年寄りもいないうえに女性の数がいつもよりはるかに少ないことが、迫りつつある暴動の知らせが広まっているせいで人々が外出していないからだと気づくことは十分にありえたが、彼女がそれに気がついたのは、列車に乗り込み、自分の兄や従兄弟や父親やおじに似た男たちに囲まれているとわかったときであり、家族と似ているとはいえ車両にいる男たちは怒っていて、凶暴で、女とバッジに対する敵意をむき出しにして睨みつけ、裏切りだと思って憎しみを募らせているらしく、怒鳴られたり体を押されるようになった彼女は動物的な深い恐怖を感じ、どんな目に遭っても不思議ではないと思い、次の駅で人をかき分けて列車から降りた。体をつかまれて止められ、暴力を振るわれるのではないかと心配だったが、そうはならずに逃げることができ、列車が去ったあともプラットホームで体を震わせて立ち、しばらく考えごとをしてから勇気を出して歩きはじめたが、川を眺められる自分の素敵なアパートメントにではなく、反対方向の、もともと行くつもりでいた動物園のほうに行く気持ちがまだあったためにそこを目指した。そのすべては、太陽が低く沈んでいく時刻に起きた。ミコノス島の空はウィーンから見て南東にあったが、惑星全体から見ればさして遠く離れてはいなかったので同じような夕暮れになっていて、サイードとナディアはその暴動についての記事を読んでいた。ウィーンではじまりつつある暴動に、ふたりの国から来た人々はパニックに陥り、どうやってそれを耐えるか、あるいはどうやってそれから逃げればいいのかをネット上で話し合っていた。

夜になると冷え込んできたため、サイードとナディアは寝るときもジャケットを脱がずにしっかりと服を着て体を寄せ合い、毛布を体にかけたり巻いたり敷いたりして、地面の硬さと凹凸をある程度は和らげた。ふたりのテントは長さはあるが高さは足りず、内部で立つことはできない五面体で、サイードが子どものころ持っていた、日光が当たると小さな虹を作る三角柱のガラスのプリズムのような形だった。最初、サイードとナディアはぴったりと抱き合って寝ていたが、狭い寝床でしばらくそうしていると窮屈になり、結局は背中とお腹をくっつけて眠った。最初はサイードがナディアの後ろから体を寄せ、それからしばらくして、月が頭上の空のどこかを通っていくころ、彼が体の向きを変えると、彼女も同じように動き、今度はナディアがサイードの後ろから体を寄せた。

朝になってサイードが目を覚ますと、ナディアが見つめていた。サイードが彼女の髪を撫で、ナディアが彼の唇の上と耳の下にあるひげに触れると、彼が動いてキスをして、ふたりは大丈夫だと感じた。荷物をまとめ、サイードは大きいほうのリュックサックを、ナディアはテントを持ち、小さめのリュックサックのひとつは睡眠がもう少し快適になればと思ってヨガマットと交換した。

出し抜けに、人々がキャンプから駆け出していった。新しい扉が見つかった、ドイツ行きの扉だ、という噂を耳にしたサイードとナディアも走り出し、最初は人混みの中央にいたが、大股で速い足取りで進み、じきに先頭近くになった。群衆は幅の狭い道路を埋め尽くして縁からあふれ出し、長さは最大数百メートルにもなり、いったいどこへ向かうのかとサイードが不思議に思っていると、前方にあるホテルか何かのリゾートを目指しているのだとわかった。さらに近づいていくと、制服を着た男たちが並んで行く手を阻んでいた。サイードはナディアにそれを伝え、自分たちの街で丸腰の人混みが銃撃されたらどうなるのかをふたりとも目にしていたので怖くなって速度を落としはじめ、後ろから抜かれていくままにした。だが、結局のところは発砲はなく、制服姿の男たちは動かずにかれらを止めるだけだった。必死なのか勇気があるのか、数人が両側のすきまを全速力で走っていって一か八か突破しようとしてみたが捕まってしまい、一時間ほどすると人混みはばらばらになり、ほとんどはキャンプに戻っていった。

その調子で何日も過ぎていった。ひたすら待ち、希望は空振りに終わるという日々は退屈であってもおかしくはなく、多くの人にとっては退屈なものだったが、ナディアは観光客のように島を歩き回ってみようと言い出した。サイードは笑って賛成し、島にやってきてから彼が笑い声を上げるのを初めて見たナディアは心が温まった。ふたりは大自然でトレッキングをするように荷物を背負ってビーチを歩き、丘を上がって崖の縁まで行って、たしかにミコノスは美しい島だと思い、人々が訪れたがるわけがわかった。荒っぽい外見の男たちの一団が見えるときもあり、サイードとナディアはそこには近づかないように用心し、日が落ちるころにはどこかの大きなキャンプ地の端で寝た。キャンプはたくさんあり、誰でも好きなときに出入りすることができた。

ふたりはサイードの知り合いに出会った。一本の木からハリケーンで吹き飛ばされた二枚の葉が遠くの地で重なったような、ありえないほどの偶然に、サイードはすっかり興奮した。おれは密航業者としてあの街からみんなが脱出する手助けをしていたし、ここでも同じことをやってるんだ、とその知り合いの男は言った。出口も入口も全部知ってるよ、と。サイードとナディアも助けてやる、しかも料金は半額だと請け合い、その代金を受け取ると、明日にはスウェーデンに送り届けてやるからな、と知り合いの男は言ったが、ふたりが目を覚ますと男は影も形もなかった。夜のうちに姿を消してしまっていた。サイードは彼を信頼していたため、ふたりはそのまま同じキャンプの同じ場所に一週間いたが、その知り合いを見かけることは一度もなかった。金を騙し取られたのだ、そういうことはよくあるものだ、とナディアにはわかっていて、それはサイードにもわかっていたが、男の身に何かがあって戻ってこられなくなっているのだとしばらく信じていたい気持ちであり、礼拝をするときには、男が戻ってくることや男の身の安全を祈ったが、そのうちそうやって祈ることがばかばかしくなり、それからはナディアと自分の父親のために祈った。とりわけ、一緒にいるべきなのに一緒にはいない父親のために。だが、もう父親のところに戻るすべはない。あの街で武装組織にずっと見つからずにいる扉などなく、支配下からいったん逃げたとわかっている人間が扉から戻ってきて生きていられるはずがないのだから。

ある朝、サイードはひげのトリマーを借り、ナディアと初めて出会ったときのような短いあごひげにまで刈りそろえることができた。その朝、サイードはナディアに、どうしてまだ黒いローブを着ているんだい、もうここではそんな必要はないじゃないか、と訊ねた。街に住んでいたときだってひとり暮らしだったし武装組織はまだ来ていなかったから着る必要はなかったけど、それでも着ることにしたのはそれで態度を表明できたからだし、ここでも態度を表明しておきたいから、とナディアは言った。サイードは微笑み、ぼくに対しても態度を表明してるのかい、と訊ねると、ナディアも笑顔になって、あなたは違う、だって何も着ていない私を見たんだし、と言った。

ふたりの資金は目減りしていき、街を出るときに持っていたお金の半分以上がなくなっていた。キャンプでは追い詰められた空気が肌で感じられるようになっていた。あるいは、ここからいつまでも出られずにいるか、そのうち空腹に耐えかねて引き返し、好ましくない土地に通じる扉を使ってしまうのではないか、という恐怖が人々の目に浮かぶのも理解できるようになった。その手の扉には警備はなく、キャンプの人々からは「ネズミ捕り」と呼ばれていたが、資金を使い果たしてしまった人たちのなかには、あきらめてそうした扉を通り、自分たちがもともといた土地か、もともといた土地に比べればどこでもましだと思って見知らぬ土地で運を試そうという者もいた。

サイードとナディアは出歩くのを控えるようになり、体力を温存して水と食料をあまり消費せずにすむようにした。サイードは簡単なつくりの釣竿を買った。リールが壊れていて釣り糸を出すのも引くのも手でやらなければならないため、法外な値段ではなかった。ふたりで海辺に行って岩に立ち、釣り針にパンをつけると、人の手を借りず自分たちだけで魚を釣ろうとし、そよ風でできた不透明な凹凸のせいで下が見えない水面を相手に何時間も交代で粘ったが、ふたりとも釣りのやりかたを知らなかったせいか、単に運が悪かったせいか、魚がえさをつつく感触はあったが針には何もかからず、果てしない食欲をもつ塩水にパンを与えているだけのような気になってきた。

釣りに一番いいのは夜明けと夕暮れどきだと聞いていたふたりは、あきらめてもいいところをかなり粘った。もう暗くなりかけたころ、遠くから四人の男がビーチを歩いてくるのが見えた。もう行ったほうがいい、とナディアは言い、サイードも頷いてふたりは足早に立ち去ったが、男たちがまだ近づいてくるようだとわかると早足になり、ナディアが足をすべらせて岩で腕を切ってしまってもなるだけ速く歩いた。男たちは距離を縮めつつあり、サイードとナディアは持ち物のどれを捨てれば荷物が軽くなって男たちも贈り物として納得してくれるだろうと考えはじめた。釣竿がほしいのかもしれない、とサイードは言い、何が目当てなのかを考えるよりも釣竿を捨てるほうが安心できる選択肢だったのでふたりは釣竿を捨てたが、じきに角を曲がってみると一軒の家と、その表には制服姿の警備員たちの姿が見えた。つまり、その家には好ましい土地に通じる扉があるということだ。それまでサイードもナディアも島で警備員を見て安心したことはなかったが、そのときは安心した。そこに歩いていくと、近づくな、と警備員たちが怒鳴ってきたためにふたりは足を止め、家に駆け込む気はないことをわかってもらうと、かれらから見えていて安全だと思えるところで腰を下ろした。急いで戻っていって釣竿を取ってこようか、とサイードは言ったが、危険すぎるからとナディアに止められた。ふたりとも、捨ててしまったことを後悔した。しばらく見守っていたが、四人の男は姿を見せず、ふたりはそこにテントを張ったが、その夜はあまり眠れなかった。

しだいに暖かくなり、つっかえながらも春がミコノス島にやってきて、花のつぼみや花を見せるようになった。サイードとナディアが島にやってきてから何週間も経っていたが、夜の旧市街には難民や移民たちが立ち入ることは禁じられていたうえに日中も行かないようにと強く言われていたので町外れにしか行かず、そこの住民たち、つまりは数か月にわたって島にいる人々と取引をしていたが、ナディアの腕にできた切り傷が膿んできたため、ふたりは診療所で手当をしてもらおうと旧市街の外れに行った。その診療所には、医師でも看護師でもなく、頭を一部だけ剃り上げた地元の女の子がボランティアで来ていた。せいぜい十八歳か十九歳の優しい子だった。その子が傷を洗浄して優しく包帯を巻いてくれて、ナディアの腕を宝石であるかのように、どこか気恥ずかしそうに持っていた。女性同士は話をはじめて仲良くなり、女の子はナディアとサイードを助けてあげたいと言い、何が必要なのかと訊ねてきた。何よりも島から出る方法だとふたりが言うと、それならなんとかできるかもしれない、この近くから離れないで、と女の子は言ってナディアの番号を書き留め、ナディアは毎日診療所を訪ねていって女の子と話し、ときおりコーヒーかマリファナタバコを一緒に楽しみ、女の子はナディアと会うとうれしそうだった。

旧市街の街並みは美しく、黄褐色の坂に沿って白い壁と青い窓の家並みが海まで続いていた。町外れにいたサイードとナディアには、小さな風車や教会の丸屋根の数々が見え、生き生きした木々の緑は遠目には鉢植えのように見えた。そこにあるキャンプには金銭的に余裕のある難民や移民たちがいることが多いため、近くで寝泊まりするにはお金がかかり、サイードは心配になってきた。

だが、ナディアの新しい友達は約束を守った。ある早朝、彼女はスクーターの後部にナディアとサイードを乗せ、まだ静かな通りを走っていき、丘の上にある中庭付きの家に連れていった。三人でその家に駆け込むと、そこには扉があった。女の子はふたりの幸運を願い、ナディアをしっかりと抱きしめ、サイードにとっては意外なことに目に涙を浮かべていたか、涙ではなくても少し潤んだ光を見せていた。ナディアもかなり長いあいだ彼女を抱きしめていると、女の子はナディアに何かを小声でささやきかけ、ナディアとサイードは扉のほうを向いてなかに入り、ミコノス島をあとにした。

第七章

ふたりが姿を現した寝室からは夜空が見えた。高級な家具もそろっているところを見ると、自分たちはホテルにいるのだろうとサイードとナディアは思った。光沢のある分厚い雑誌や映画に出てくるような白っぽい木材やクリーム色の敷物があり、壁は白く、布張りのソファの枠や照明のスイッチ板などあちこちで光っている金属は鏡のようにものを映し出していた。見つかってはいけないと思い、横たわったままじっとしていたが、部屋は静かで、そのあまりの静けさに、防音ガラスの施された建物にいたことがなかったふたりは、このホテルは田舎にあって館内にいる人たちはみんな寝ているに違いない、と想像した。

だが、立ち上がってみると空の下が見えてきたため、自分たちがいるのは都市だとわかった。向かい側には白いビルが立ち並び、それぞれ完璧に塗装と手入れがされていて、信じられないほど隣のビルにそっくりだった。並ぶビルの表、長方形の敷石か敷石風に置かれたコンクリートで舗装された歩道の長方形のすきまからは木が伸び、つぼみが膨らんでいてちらほらと白い花も見え、降ったばかりの雪が枝や葉に残っているかのような桜の木々が通り沿いにずっと並んでいた。現実とは思えないようなその光景を、ふたりはじっと眺めた。

しばらく待ってみたが、いつまでもこのホテルの部屋にはいられないとわかっていたため、ついにドアのハンドルを押し下げてみると、鍵はかかっていなかった。ふたりは廊下に出て、その先にある階段を降りていくと、さらに豪華な階段があり、そこからさらに各階の寝室や居間やサロンが続いていた。そのときになってようやく、自分たちがいるのは家であり、部屋の数にも目を見張る豪華さにも事欠かない邸宅なのだとふたりは知った。蛇口からほとばしる水は泉のようで泡がまじって白く、手に当たる感触は柔らかく、どこまでも柔らかかった。


その街の夜が明けたが、ふたりはまだ誰にも見つかってはいなかった。サイードとナディアは台所に座り、どうすればいいのか考え込んだ。冷蔵庫はしばらく誰も食べ物を取り出していないらしくほぼ空で、戸棚にはより日持ちのする食べ物の箱や缶があったが、それを盗んだと非難されたくはなかったふたりは自分たちのリュックサックからジャガイモを二個取り出すと茹でて朝食にした。ただし家のティーバッグは二袋使わせてもらって紅茶を入れ、家にあった砂糖をそれぞれがスプーン一杯ずつ使い、もし牛乳があればそれも少しばかり注いだかもしれないが、牛乳はどこにも見当たらなかった。

ここがどこなのかわかればと思ってテレビをつけてみると、すぐに、自分たちはロンドンにいるのだとわかった。ときおり破滅的なニュースが流れるテレビを眺めていると、数か月にもわたってテレビを見ていなかったせいで、それがむしろ平常なのだという不思議な感覚になった。すると、後ろで物音がした。振り向くと、男がひとり立ってじっと見ていたため、ふたりは立ち上がり、サイードはふたり分のリュックサックを、ナディアはテントを持ち上げたが、男は何も言わずに体の向きを変えて階段を上がっていった。それがどういうことなのか、ふたりにはわからなかった。その男もふたりと同じくらい家の様子に驚いているようだった。夜になるまではほかに誰の姿も見かけなかった。

暗くなると、ナディアとサイードが最初に到着した上階の部屋から人々が姿を現すようになった。十人ほどのナイジェリア人、そのあとに二、三人のソマリア人、その次にはミャンマーとタイの国境地帯からの家族。さらに続々と現れた。なるだけ急いで邸宅から出ていく者もいた。邸宅にとどまり、寝室か居間のどれかを自分たちの居場所にする者もいた。

サイードとナディアは奥のほうにある小さな寝室を選んだ。地面からひとつ上の階にあり、もし必要であればバルコニーから裏庭に飛び降り、運がよければ逃げ出すことができる。

自分たちの部屋がある。四方に壁があり、窓がひとつあり、扉には鍵をかけられる。それは信じられないほどの幸運に思えた。ナディアは荷ほどきしたい誘惑にかられたが、いつでも出ていける用意をするべきだとわかっていたため、リュックサックからは絶対に必要なものしか取り出さなかった。サイードは服の内側に隠し持っていた両親の写真を取り出し、本棚に置いた。皺の入った写真は、立てかけたところからふたりを見下ろし、つかのまで不十分とはいえ、狭い寝室を家に変えた。

近くの廊下にはバスルームがあり、ナディアは、食事より何より、どうしてもシャワーが浴びたかった。サイードがバスルームの外で見張っているあいだにバスルームに入って服を脱ぎ、自分の体を見てみると、かつてなくやせ細っているだけでなく、乾いた汗や剝がれた皮膚など自分の体から出た垢が筋のようになり、いつも毛を抜いていたところからも毛が生えていたせいで、動物か野蛮人の体のようだと思ってしまった。シャワーの水圧は素晴らしく、しっかりとした力で当たって体を磨いてくれた。お湯の温度も申し分なく、耐えられるだけ熱くすると、何か月も屋外の冷気に当たって冷えていた骨にまで熱がしみ入り、バスルームに充満する湯気は山岳地帯の森林のようで、ナディアが見つけた石鹸の松とラベンダーの香りがしてくると天国のようでもあり、肌触りがなめらかなタオルもそろっていた。ようやくシャワーから出た彼女は、それを使ったときには王女のような気分だった。王女ではなくとも、独裁者――子どもたちのむき出しの肌に絶妙なタオルの感覚を味わわせてやろう、あとにも先にもこんなタオルを使うことはないだろうという気分にしてやろうと思い、我が子を甘やかすためなら顔色ひとつ変えずに人を殺す独裁者――の娘になったような気分だった。ナディアはたたんだ自分の服をまた身に着けはじめたが、そのひどい臭いが急に耐えられなくなり、バスタブで服を洗おうとしたそのとき、扉を乱暴に叩く音がして、鍵をかけてしまっていたことに気がついた。扉を開けると、体は汚れ、不安げでいらいらしたサイードがいた。

「いったい何をしてるんだ？」と彼は言った。

ナディアは微笑み、サイードにキスをしようとしたが、彼と唇を触れ合わせても、さして応えてはもらえなかった。

「いつまでかかるんだ」とサイードは言った。「ここはよその家なのに」

「あと五分。服を洗わないと」

サイードはきつい目つきになったが、反対はしなかった。もし反対されたとしても服を洗う、という鋼のような決意をナディアは自身のうちに感じた。彼女がしたこと、いましていることはどうでもいいことではなく、人間であること、人間らしく生きることの本質に関わっていて、自分は誰なのかを思い出す行為でもあるのだから。それは重要なことであり、必要であればけんかになってもかまわなかった。

だが、扉を閉めてみると、湯気に満たされたバスルームでの極上の満足感は消え失せてしまったようだった。服を洗ったあとの濁った水がバスタブの排水口に流れていくのを眺めていると、虚しいほど実用的なことをしているように思えた。さっきまでの素敵な気分に戻ろう、サイードに対して怒らないようにしようと思い、彼だって間違っていたわけではなくて、あのときは気持ちがすれ違っただけだ、と自分に言い聞かせ、タオルを体に一枚、髪に一枚巻きつけ、水が滴ってはいるがきれいになった服を両手で持ってバスルームから出てきたときは、険悪なひとときはもう水に流そうという気になっていた。

ところが、サイードはナディアを見つめながら、「そんな格好で立っててちゃだめだ」と言った。

「あれこれ指図しないで」

サイードはその言葉が胸に刺さったようでもあり、怒っているようでもあった。ナディアも怒っていた。サイードもシャワーを浴びて、ナディアと和解するつもりになったのか、自分の体の汚れを落としたら彼女と同じことに気がついたせいなのか、とにかく彼も服を洗い、そのあと細長いシングルベッドに並んで寝たが、言葉は交わさず、触れ合うこともなく、狭苦しいベッドではやむを得ない以上には触れ合わず、その夜にかぎっては、不幸せな結婚生活をずっと送ってきて喜びも惨めな思いも過去に置いてきた夫婦に似ていなくもなかった。

ナディアとサイードが国境を越えてきたのは土曜日の朝だった。月曜日の朝、清掃のためにハウスキーパーがやってきたときには邸宅はもう満杯になっていて、およそ五十人ほど、幼児からお年寄りまで、出身は西はグアテマラから東はインドネシアまでといった人々がそこにいた。玄関の扉を解錠したハウスキーパーは金切り声を上げ、それからすぐ、古臭い帽子をかぶった警察官がふたり現れたが、外から覗き込んだだけで邸宅には入ってこなかった。じきに、一台のバンに乗り込んで機動隊の服をしっかりと着込んだ警察官たちが到着し、その次にやってきた車から出てきた警察官ふたりは白いシャツに黒いベストを着て、マシンガンらしきもので武装し、黒いベストにはPOLICEという白い文字があったが、サイードとナディアには兵士のように見えた。

邸宅の住人たちのほとんどは、警察や兵士たちがなしうることを自分の目で見てきたせいで恐怖に陥り、他人同士とは思えないほど話をしていた。かれらが通りや開けた場所にいたならば、すぐに散り散りになってしまい、友愛のような感情は生まれなかっただろうが、いまは家に一緒に囲い込まれていることで団結し、ひとつの集団になっていた。

全員出てくるように、と警察がメガホンで呼びかけてくると、そうはするまいとほとんどの住人は意見が一致し、数人が邸宅から出ていったが大多数はそのまま残った。ナディアとサイードも残った。出なければならない時刻が近づき、さらに近づき、そして過ぎたが、警察はまだ突入してこず、ひと息つく時間を勝ち取ったような気分になっていたところに、まったく予想外のことが起きた。通りにほかの人々が集まりはじめたのだ。黒い肌の人々、あるいは褐色の肌の人々、白い肌の人々までもが、ミコノス島のキャンプにいた人々のように薄汚い服で集まって集団になった。そろって鍋をスプーンで叩き、さまざまな言語でシュプレヒコールを上げると、じきに警察は引き上げていった。

その夜、邸宅のなかは落ち着いていて静かだったが、深夜までイボ語（ナイジェリアのイボ人の使用言語）の美しい歌がときおり聞こえた。サイードとナディアは自分たちの小さな部屋の柔らかいベッドで手をつないで横になり、その歌声に耳を傾けていると、子守唄を聴いているように心が安らいだ。ただし、部屋の扉には鍵をかけていた。朝になると、遠くで誰かが夜明けの礼拝を呼びかける声が、持ち出してきたカラオケマシンでも使っているような音で聞こえてきて、ナディアはびくりとした。夢から目を覚ました彼女は、一瞬、故郷のあの街にいて武装組織もいるのかと思ってしまったが、それから自分がいる場所を思い出し、サイードがベッドから出て礼拝をする姿を見て少し驚いた。

同じようにして、ロンドンのいたるところで、家や公園や空き地に人が流れ込んでいた。百万人もの移民や難民たちがいる、という声もあれば、その二倍だという声もあった。ひと気がない場所であるほど無断居住者が多く集まるようであり、ケンジントンとチェルシーといった地区にあるがら空きの邸宅がとくに打撃を受け、留守にしていた所有者たちにその悪い知らせが行っても、手を打つにはもう手遅れだった。同じく、ハイド・パークとケンジントン・ガーデンズの広大な敷地はテントや粗雑なつくりの小屋で埋め尽くされ、ウェストミンスターからハマースミスにかけては、いまや合法的な住民のほうが少数派になって生粋の地元住民はほとんど消え失せてしまったとまで言われ、地元の新聞によればその地域は国という布地に開いたなかでも最悪のブラックホールだということだった。

そうしてロンドンに人が流れ込む一方で、思い切って出ていく人々もいた。もう自殺しようかと考えていたケンティッシュタウンの会計士は、ある朝目を覚ましてみると、それまでは小さく明るいふたつめの寝室に通じていた扉が真っ黒な扉になっているのを目にした。最初は、娘が大学入学を前にひとり暮らしをはじめた年にほかの持ち物と一緒に置いていったホッケーのスティックをクローゼットから取り出して構え、その次には警察に通報しようと電話を手に取ったが、何を騒ぐことがあるのかと思ってその手を止め、ホッケーのスティックも電話もしまい込むと、前から計画していたとおり浴槽にお湯を入れ、別れた恋人がもう使うことはなくなったオーガニック石鹸のそば、貝殻の形の石鹸置きに買っておいたカッターナイフをのせた。

ほんとうに自殺する気なら、横向きではなく縦向きに手首を切らなければならない。会計士は自分にそう言い聞かせ、痛い思いをするのも裸で発見されるのもいやだったが、死ぬならそれがもっとも入念で確実なやりかたなのだと思った。だが、すぐ近くにある暗闇に心がざわめき、何かを思い出した。子ども向けの本にまつわる感情、子どものころに読んだ――いや、読んでもらった本にまつわる感情だった。それを読んでくれたのは母親だった。穏やかで舌足らずの声音だった母親は、息子を穏やかに抱きしめてくれて、早死にしたわけではないが早くからやつれてしまい、病気のせいで言葉も人格も奪われていき、その歳月のなかで、父親も、息子である会計士にとってはどこか遠い人になってしまった。それを考えていた会計士は、一度だけその扉をくぐってみて何があるのか確かめてみようかという気になり、扉に入った。

のちに、会計士の娘と親友は、彼の写真を携帯電話で受け取ることになる。会計士は木が生えていない海辺にいるらしく、砂漠の海辺か、ともかく乾燥した地方の海辺にいて、高くそびえる砂丘もあるナミビアの海辺の写真に添えられたメッセージには、もう帰国することはないけど心配はいらないよ、何かぴんと来るものがあるし心機一転試してみようと思う、きみたちが来てくれてもいいし、来てもらえたらうれしい、もし来る気になったら僕のアパートに扉があるから、と書いてあった。そのメッセージを送ると会計士は消え、彼のロンドンも消えてしまい、どれくらいナミビアにとどまるつもりなのかは、かつての彼を知る人にもわからなかった。

ナディアとサイードが占拠するようになった邸宅の住人たちは、自分たちは勝ったのだろうかと自問した。まともな屋根がないところで数か月を過ごしてきた多くの人々は家にいられることをありがたく思ったが、このような家、このような豪邸をあっさりと譲ってもらえるわけがない、と心の奥ではわかっていた。そのせいで、安堵したといっても、それははかない感覚だった。

ナディアにとって、邸宅の環境は学期のはじめのころの大学寮のようだった。まったくの他人がすぐ隣に住んでいて、多くの住人は精いっぱい礼儀正しく振る舞い、会話に温もりを持たせて友情ある姿勢を見せようとして、その努力がじきに板についてくれればと期待している。外ではすべてが乱雑で混沌としているが、邸宅のなかならある程度の秩序を築くことができるかもしれない。一体感を築くこともできるかもしれない。邸宅のなかにも荒っぽい人たちはいるが、それはどこでも同じであり、生活していくなかで荒っぽさを抑えていかなければならない。それ以上を期待するのはどう見てもむりだ、とナディアは思った。

サイードにとっては、邸宅での生活はもっと気持ちがすり減るものだった。ミコノス島にいたときは、キャンプの外れにいるほうが好きで、まわりの難民たちとある程度距離があるのにも慣れていた。人に対して、とくに周囲にいるかなりの数の男たちに対して不信感を抱いてもいた。そのうえ、自分には理解できない言語で話す人々と詰め込まれているとストレスが溜まった。ナディアとは違い、サイードにとっては、自分のものではない邸宅を占拠していることにどこか罪悪感があり、一軒に五十人以上が暮らしているせいで邸宅の状態が目に見えて悪化していることにも罪悪感があった。

人々が邸宅にある高価そうな物を奪いはじめたとき、それに異議を唱えたのはサイードだけだった。ナディアにとっては筋の通らない主張であり、サイードの身に危険が及びそうでもあったため、ばかな真似はしないでほしい、と彼女は厳しい口調で言った。傷つけるつもりはなく守ろうと思っての言葉だったが、サイードはその声音にショックを受け、言われたとおりにしつつも、この口のききかた、ときおりふたりの言葉に忍び込んでくる冷たさがこの先の生活に待っているのだろうか、と考え込んだ。

ナディアもふたりのあいだのすれ違いには気がついていた。おたがいに苛立ってしまう負の連鎖から抜け出すにはどうすればいいのか、よくわからなかった。いったんはじまってしまうと、その連鎖からなかなか抜け出せず、むしろ逆に、ある種のアレルギーのように、いったん起きると相手に対するイライラの沸点が低くなってしまう。

邸宅にあった食べ物はすべて、あっというまになくなってしまった。買い足すだけの金を持っている住人もいたが、ほとんどは食べ物探しにかなりの時間をかけ、停車場や路上での配給やスープとパンを無料で提供している場所に出かけていった。そうした場所で一日に提供される食べ物は、数時間、ときには数分間でなくなってしまい、そうなるとあとは隣人たちや親族や知り合いとの交換に頼るほかなく、多くの人は物々交換できるものをほとんど持っていなかったため、いつもは明日か明後日に食べ物を渡すという約束と引き換えに、その日に食べる物をもらっていた。物と物を交換するというより、時間と時間を交換していた。

ある日、サイードとナディアの夕方の食べ物探しはわりあいうまくいき、食べ物を持って帰れはしないがそれなりにお腹を満たして帰ろうとしていた。ナディアはマスタードとケチャップ独特の甘酸っぱい後味を楽しみ、サイードは携帯電話を見ていると、前のほうから怒鳴り声が聞こえ、走ってくる人々が目に入り、自分たちの住む通りが排外主義の暴徒に襲撃されているのだと気がついた。パレス・ガーデンズ・テラスは、その名にふさわしからぬ騒乱に陥っていた。ナディアの眼に映る暴徒たちは奇妙で暴力的な部族であり、破壊に熱中していて、鉄の棒やナイフで武装している者もいた。ナディアとサイードは回れ右をして走り出したが、逃げきることはできなかった。

ナディアは片目を殴られ、その目が腫れてじきにふさがってしまい、サイードの唇は切れ、血があごを伝ってジャケットに点々とかかった。恐怖のなか、おたがいに手を必死で握って引き離されまいとしていたが、多くの人々と同じくふたりは殴り倒されてしまった。その夜にロンドンのその地区を襲った暴動では三人の命が失われただけで、ふたりの故郷での最近の基準から見れば大した数ではなかった。

翌朝、怪我をしてあちこちがずきずき痛むふたりにとってベッドは窮屈に感じられ、ナディアが腰でサイードを押して場所を取ろうとすると、サイードも同じようにして場所を取ろうとし、ナディアは一瞬かっとなったが、それからふたりとも体の向きを変えると、サイードは腫れてふさがった彼女の目に触れ、ナディアは鼻を鳴らして彼の腫れ上がった唇に触れ、ふたりで見つめ合うと、無言のまま、文句を言わずに一日をはじめることにした。

暴動のあと、ロンドンを皮切りにして「イギリスのためのイギリス」運動で都市をひとつずつ奪還しようとする議論にテレビは大きく時間を割いた。軍が、そして警察が配置されているとも、軍や警察に勤務したことのある者たちや一週間の訓練を受けた志願者たちが動員されているとも報じられていた。サイードとナディアが耳にしたところでは、排外主義の過激派は独自の軍隊を組織しようとしていて当局もそれを黙認している、ソーシャルメディア上ではガラス窓が粉々に割れる夜は近いと言われていた。だが、おそらくそうした準備には時間がかかるものであり、そのあいだにサイードとナディアは出ていくかとどまるかを決めなければならなかった。

日没のあと、小さな寝室で、ふたりはナディアの携帯電話の内蔵スピーカーから音楽をかけた。各種のウェブサイトからその音楽をストリーミングで受信するのは簡単だったが、ふたりは何についても節約第一にしていて、電話のために購入するデータ量も節約の対象だったため、ナディアは海賊版が見つかればダウンロードしておき、それをふたりで聴いた。どちらにしても、彼女としては音楽のライブラリをまた作り直せるのがうれしかった。過去の経験から、ネット上のものがずっと利用できるとは信じていなかった。

ある夜、ナディアは、ふたりが十代だったころに街で流行っていてサイードも好きだった地元のバンドのアルバムをかけた。それを耳にした彼は驚き、うれしくなった。ナディアが自分の国のポップミュージックをそれほど好きではないことはよく知っていたため、自分のためにかけてくれているのだとわかったからだ。

ふたりはベッドの上であぐらをかいて座り、壁に背中を預けていた。サイードは片手を伸ばし、手のひらを上にして自分の膝にのせた。ナディアはその手を握った。

「いやなことはおたがいに言わないようにしよう」とナディアは言った。

サイードは微笑んだ。「おたがい約束しようか」

「約束する」

「ぼくも約束する」

その夜、夢の生活ってどんな感じかな、大都市での生活か田舎暮らしかどっちだい、とサイードは彼女に訊ねた。ふたりでロンドンに腰を落ち着けて出ていかないのって想像できるかな、とナディアは彼に訊ねた。それからふたりで、いま暮らしているような邸宅だったらきちんとしたアパートメントに分割できるかもしれないといった話や、どこかべつのところ、この街のべつの地区か遠く離れたべつの街でならやり直せるだろうか、といった話をした。

そうした計画を練っているときにはふたりの距離は縮まり、大きな節目になる出来事を考えることで日々の生活という現実を見ずにいられるように思えた。部屋で自分たちの選択肢を話し合っていると、ふと話をやめて見つめ合い、相手が誰なのかを思い出すときもあった。
ふたりが生まれた土地に戻ることはまずありえず、べつの好ましい国の好ましい都市でも、似たように排外主義者の反発という事態が進行しているはずだということもわかっていたため、ロンドンから出ていく話はしつつもとどまった。強化された非常線が張られている、という噂が流れた。ロンドンでも扉も新しく到着する人々も少ない地域を非常線は移動していて、合法的な居住者であると証明できない人々がいれば、街の緑地帯に造られた大規模な収容所に送り込み、残った人々は縮小していく地区に孤立させられているのだ、と。その真偽はともかく、ケンジントンやチェルシー、そして隣接する公園に、かつてなく密集した移民と難民たちの地帯ができていることは否定しようがなく、その周辺を兵士や武装車両が、上空をドローンやヘリコプターが固め、その内側にいるナディアとサイードはすでに戦争から逃れてきたが次にどこに逃れればいいのかわからず、多くの人々と同じようにひたすら待っていた。

そうしたさなかにも、地域に食料と医薬品を届けるボランティアの人々や救済機関は活動していて、もといた国の政府にときおり見られる態度とは違ってイギリス政府がその活動を禁止してはいないことが希望だった。とくにサイードは、高校を卒業したばかりか最終学年にいるくらいの地元の若い男がかれらの住む邸宅にやってきて、子どもたちだけでなく大人にもポリオワクチンを投与してくれたことに感動した。ワクチン接種に不信感を持っていた人は多く、サイードとナディアを含めてすでに接種を受けていた人の数はさらに多かったが、その若者は真剣そのもので共感と善意にあふれていたため、文句を言う者もいたものの、若者を拒絶できる者はひとりもいなかった。

紛争にいたる過程がどのようなものかを知っていたサイードとナディアには、そのころのロンドンに漂う雰囲気にはなじみがあった。勇気でもパニックでもなく、あきらめの気分でふたりはそれに向き合った。寄せては引く緊張の瞬間がちらほらとあり、その緊張が引いているときには平静が保たれ、嵐の前の静けさだと言われるが、それは実際には人間的な生活の礎であり、私たちが死への歩みの合間で足を止め、行動するのではなくただ存在するほかないというときに待ち構えている瞬間なのだ。

そのころ、パレス・ガーデンズ・テラスの桜の木が一斉に白い花を咲かせた。邸宅に住む多くの人にとってはそれがもっとも雪に近いものであり、そのほかの人々にとっては、畑にある綿花が収穫を待ち、村々からやってきた黒い肉体が重労働に苦しむのを待っているのに似ていた。通りの木々にも黒い肉体が、つまりは木登りをして小さな猿のように枝で遊んでいる子どもたちの姿があった。いままでも、そしてこれからもずっと人を侮辱するときに使われるように、肌が黒いから猿のようだというわけではなく、自分たちが猿であることを忘れてしまった人、すなわち自分たちの来歴やまわりの自然界に対する敬意を忘れてしまった人が猿なのだ。だが、そのときの子どもたちは違い、自然のなかで興奮して想像のゲームに興じ、雲のように見える白い花のなかで、気球乗りかパイロット、不死鳥かドラゴンのように姿を消し、流血が迫っているなかでも、登ってはいけないかもしれないその木々を千もの空想の舞台にしていた。

ある夜、サイードとナディアが暮らす邸宅の庭に、一匹の狐が現れた。サイードはふたりの小さな寝室の窓から外を指し、ナディアとふたりで目を見張り、ロンドンにいる狐なんてどうやって生きていけるのだろう、どこから来たのだろうと不思議に思った。狐を見かけなかったか、とまわりの人たちに訊いてみたが、見なかったとみなが口をそろえ、狐は扉をいくつも通ってここに来たんじゃないかと言う人もいれば、田舎のほうから迷い込んできたのかもしれないと言う人も、さらに、ロンドンのこのあたりには狐が住んでいると聞いたという人もいて、ある年寄りの女は、あんたたちが見たのは狐じゃなくて自分たちの姿、自分たちの愛だよ、と言った。つまりは狐は生きた象徴だと言いたいのか、それとも狐は実体のない感情でしかなく、ほかの人が目を向けてもまったく見えないのだと言いたいのだろうか、とふたりは自問した。

愛の話をされたことで、サイードとナディアはきまりが悪くなった。ふたりはこのところあまり愛し合う雰囲気ではなかった。相手にいやな思いをさせていることはそれぞれが勘づいていて、それはおたがいの距離が近いままずっと過ごしているせいだ、不自然なくらい近くにいればどんな人間関係もおかしくなってしまうものだと考えていた。日中はばらばらに出歩くようになり、そうして離れていることで心が休まったが、サイードは自分たちのいる地域から人を追い出すための戦闘がいきなりはじまってしまってふたりとも無事に邸宅に戻ってこられなかったらどうなるのかと心配で、通常であれば日の光か月の光のように当たり前にある携帯電話の電波も実際には接続が不安定で、あっというまに日食や月食が起きてそれっきり消えてしまうことも経験から知っていた。ナディアのほうは、自分でもお父さんと呼ぶようになっていたサイードの父親との約束があること、サイードがもう安全だとわかるまではそばを離れないと約束していたことが心配だった。それを破ってしまったら自分はどうなるのか、自分はまったく無意味な存在になってしまうのか、と。

だが、息がつまるほどの距離の近さから日中は解放され、別々に歩き回ると、夜にはもっと温かい気分で一緒にいることができた。ただし、その温もりは恋人同士というよりは親戚同士のように感じられた。ふたりは部屋についているバルコニーに座り、暗がりのなか、下の庭に狐が現れるのを待つようになった。かくも高貴な動物は、ごみを漁るようになってもやはり高貴だった。

ふたりは座り、ときおり手をつなぎ、ときおりキスをして、たまには、ともすれば弱まってしまった火が勢いを取り戻すような感覚になり、ベッドに行っておたがいの体をいじめたがセックスには一度も至らず、もうその必要もなく、違った手順で結局は発散に行きついた。それから眠るか、眠くなければバルコニーにもう一度出て狐を待った。狐はいつも現れるわけではなかったがよく姿を見せ、その姿を見ると、消えてしまったわけでも殺されてしまったわけでもなく、べつの地区を住みかにしたわけでもないことがわかってふたりは安心した。ある夜、狐は汚れたおむつに出くわし、それをごみから引っ張り出して嗅ぎ、いったいこれは何だろうと考え込んでいるようで、それから庭のあちこちにおむつを引きずり回して草を汚し、あたりを何度も行き来する様子は、おもちゃをもらった飼い犬か、不運なハンターをくわえた熊のようでもあり、どちらにせよ何かの目的があるような、予測不能に荒々しくもある動きを見せ、最後にはおむつはばらばらになっていた。

その夜、当局によって電気が止められ、ケンジントンとチェルシーは暗闇のなかに沈んだ。それとともに鋭い恐怖感も沈み込み、遠くの公園からよく聞こえていた礼拝の呼びかけも黙り込んだ。おそらくは、呼びかけのために使われていたカラオケマシンが、バッテリーでは動かせなかったのだろう。

第八章

ロンドンの電力供給網は非常に複雑だったため、サイードとナディアのいる地域には夜になっても明かりがついている場所がいくつかあった。地域の端、武装した政府の人員が配備されているバリケードや検問所の近くだけではなく、どういうわけか電力を切ることができないところもちらほらあり、その周辺の建物には、まだ稼働している高圧線から一か八か電線を引いている移民や難民がいた。感電死する危険はあり、実際に命を落とす者もいた。だが、サイードとナディアの周辺は圧倒的に暗かった。

ミコノス島にいたときも明かりは十分とはいえなかったが、電線があれば電気が来ていた。ふたりがあとにした街では、電力がないときはみなが等しく同じだった。だが、ロンドンでは、ある地区は以前と変わらず明るく、ナディアとサイードから見てかつてないほどのまばゆさで輝き、その光が空に放たれて雲に反射して下りてくる一方で、光を刈り取られたように暗い一画はさらに暗さを増しているようで凄みがあった。海の黒さが、上からの光が足りないことではなく、下の深みに一気に落ち込んでいることを示しているように。

〝暗いロンドン〟にいるサイードとナディアは、明るいロンドンでの生活について思い巡らせた。ふたりの想像では、人々はお洒落なレストランで食事をとり、ぴかぴかの黒いタクシーに乗るか、少なくともオフィスで働き、買い物をして、好きなところを動き回ることができる。暗いロンドンでは、ごみは溜まったまま収集されず、地下鉄の駅は封鎖されていた。地下鉄は引き続き運行していて、サイードとナディアの住む地域にある駅では止まらなかったが足の下をごとごとと走っていく感覚があり、耳に聞こえない周波かと思うほど低く力強いその音は、雷鳴か、遠くで爆発した巨大な爆弾のようだった。

夜になると、ドローンやヘリコプターや監視用気球が空の暗闇を断続的にうろつき、ときおり戦闘が発生し、殺人やレイプや襲撃も起きた。暗いロンドンでは、そうした事件は排外主義者による挑発だという声も上がった。ほかの移民や難民たちのせいだと言って住む場所を変える者もいて、トランプのゲームの最中で配られ直すカードのように、仲間同士、似た者同士、むしろ表面的に似た者同士が集まり直し、ハートのカード同士、クラブのカード同士、スーダン人同士、ホンジュラス人同士が固まるようになった。

サイードとナディアは住む場所を変えなかったが、それでも邸宅には変化が生じてきた。最初はさまざまな住人の集団のなかでもナイジェリア人が最大のグループだったが、非ナイジェリア人が家族そろって次々に邸宅から出ていくようになり、そのかわりに入ってくるのはほとんどいつもナイジェリア人だとなると、両側に並ぶ邸宅と同じく、そこは「ナイジェリアの家」と呼ばれるようになった。三軒の邸宅にいる年長のナイジェリア人たちが、サイードとナディアの右側にある地所の庭で集まるようになり、その会合を「評議会」と呼んだ。女も男も出席したが、そのなかで明らかにナイジェリア人ではないのはナディアだけだった。

初めてナディアが評議会に出席したとき、違う民族だというだけでなく、年齢も比較的若い彼女を見てほかの人々は驚いたようだった。すぐにみなが黙りこくったが、ナディアに身振りをする女がひとりいた。サイードとナディアの上にある部屋で娘と孫たちと暮らしている、ターバンを巻いた年配の女であり、姿勢が堂々としているだけでなく体がかなり大きかったため、ナディアは一度ならず彼女が階段を上る手助けをしたことがあった。その女がナディアを手招きし、自分が座っているガーデンチェアのそばに立たせた。それで一件落着したらしく、ナディアはあれこれ訊かれることも、立ち去るよう言われることもなかった。

最初は、何の話をしているのかナディアはついていけず、ちらほらとしか理解できなかったものの、そのうちにわかることが増えていき、「ナイジェリア人」といっても全員がナイジェリア人というわけではなく、なかには半分ナイジェリア人だったり、ナイジェリアに接する地域の出身だったり、一族で国境の両側にまたがって住んでいる人もいるのだということがわかってきた。さらに、ナイジェリア人というものなど存在しないか、ともかく全員に共通するひとつのものなどなく、ナイジェリア人といっても話す言葉もさまざまであれば信仰もさまざまなのだとわかってきた。この集団のなかで使われる言語はおもに英語でできているが、英語だけというわけでもなく、ともかく英語をよく知っている人もいればそうでない人もいた。さらに、さまざまな種類の英語が話されていたため、その会合でナディアが思いついたことや自分の意見を口にするとき、彼女の英語もかれらの英語と似たようなもので、雑多な英語のひとつであり、自分の考えが伝わらないのではないかと心配しなくてもよかった。

評議会の活動は特別なものではなく、部屋をめぐる争いや盗みの訴えや近所迷惑な振る舞いについて、さらには近所の邸宅との関係について決定を下していた。討議はなかなか進まないことが多く、会合はそれほど胸躍るような場ではなかった。それでもナディアは楽しみにしていた。彼女にとって会合は新しい経験で、新しい何かが生まれるということであり、そこに集まる人々には、かつて街で知っていた人々と似ているところもあれば似ていないところもあり、親しみがあるところもあれば親しみがないところもあって興味深かった。それに、どうやら自分の存在を受け入れてくれているか、少なくとも我慢してくれていることに、報いられたような、ある意味では何かをなし遂げたような気持ちになった。

若いナイジェリア人たちから、ナディアは少しばかり特別な目で見られるようになった。年長のナイジェリア人たちと一緒にいるところを目撃されたせいなのか、黒いローブを着ているせいなのか。若いナイジェリア人の男女や少年少女たちは、邸宅にいるほかの人々に対して小馬鹿にするような言葉をよく投げつけていたが、ナディアに対して、あるいは彼女に関しては、少なくとも目の前ではそうしたことをめったに口にしなかった。ナディアは苛立つ思いをすることなく、混み合った部屋や通路を通り抜けていったが、ただひとり、同年代で早口のナイジェリア人の女だけはべつだった。レザージャケットを着て、歯が一本欠けたその女がガンマンのように仁王立ちになり、ベルトを緩く締めた腰に両手を当てて容赦無く浴びせてくる言葉からは誰も逃れられず、そばを通り過ぎていったあともまだ言葉が背中を追ってきた。

だが、サイードはナディアほど心穏やかではなかった。若い男である彼はときおり、ほかの若い男たちからじろじろ見られることがあった。若い男とはそういうものだが、サイードは面食らってしまった。自分の国でそういうことがなかったわけではなく、彼にもそうした経験はあったが、この邸宅ではじろじろ見てくる男たちはべつの国の出身で、同じ国出身の人はほかに見当たらず、多勢に無勢だった。それは彼の心の奥底にある原始的な部分に触れ、緊張とともに抑圧された恐怖のようなものを呼び起こした。いつ心が休まるのか、そもそも心が休まることがあるのかわからず、邸宅のなかにいて自分の部屋から出るときは落ち着いた気分でいられることはまずなかった。

あるとき、ナディアが評議会の会合に出ているときにサイードが帰ってくると、レザージャケットの女が廊下の片方の壁に背中を、もう片方の壁に片足をつけて立ち、細くぎざぎざのシルエットになって彼の行く手を塞いでいた。サイードとしては、彼女の激しい気性や、自分には理解できないがまわりの人々を吹き出させる予測不能な早口の言葉を怖がっていることを認めたくはなかった。サイードは立ったまま、彼女が動いて通してくれるのを待った。ところが彼女は動かなかったため、ちょっとどいてもらえますかと言うと、どうして私がどかなきゃなんないのと女は言い、さらに何か言っていたが、サイードにわかったのはそのひと言だけだった。彼女にもてあそばれていることがサイードには腹立たしく、いやな予感もしたため、いったん出ていってあとで出直そうかとも思った。だがそのとき、自分の後ろに男がひとりいることに気がついた。いかつい感じのナイジェリア人だった。その男は銃を持っているとサイードは聞いていたが、持ち歩いているようには見えなかった。とはいえ、〝暗いロンドン〟の移民や難民たちの多くは、自分たちが包囲されていて、いつ政府軍が襲ってくるかわからなかったのでナイフなどの武器を持ち歩くようになったか、あるいは武器を持ち歩くというもともとの習慣をロンドンでも続けていて、この男についてはもともとの習慣だろうとサイードは思った。

サイードは逃げ出したかったが逃げ場はなく、内心では動揺していることを隠そうとした。そのときになってレザージャケットの女は壁から足を離し、抜けていくすきまができた彼はそこを通り抜け、彼女と体がこすれ合うときには男らしさを奪われたような気がした。部屋でひとりベッドに腰を下ろし、心臓は激しく脈打ち、彼は叫んで隅で体を丸めたかったが、もちろんそのどちらもすることはなかった。

角を曲がったあたりにあるヴィカリッジ・ゲートには、サイードの国から来た人々の家として知られる邸宅があった。サイードは慣れ親しんだ言葉や訛り、慣れ親しんだ料理の匂いに惹かれ、その邸宅で過ごすことが多くなった。ある日の午後、その邸宅にいると礼拝の時刻になり、彼は裏庭で礼拝する同じ国の人々に仲間入りした。頭上の空はぎょっとするほど青く、別世界の空のようであり、生まれてからずっと暮らしていた街の空気に漂っていた埃はなく、自転する地球のべつの場所、より高い緯度にあって赤道よりも北極に近いところからサイードは宇宙を見上げ、かつてとは違って青がより際立つ角度からその空を見やりつつその邸宅にいて、一緒にいる男たちと礼拝していると、いつもとは違う気持ちになった。単に精神的な何かというだけでなく人間的な何かの一部になったような、そこにいる集団の一員になったような気分になり、父親のことを一瞬思って悲痛な心持ちになった。すると、ひげを伸ばした男がサイードの体に片腕を回し、兄弟よ、お茶でも飲んでいかないか、と言った。その男のあごひげの両脇には白い印があり、大型の猫か狼のようだった。

その日、サイードはその家に心から受け入れてもらったように感じ、あごひげが白い印のようになった男に、自分と「妻」のナディアが入る部屋はあるのかどうか訊ねてみようという気になった。すると男が言うには、同じ国の兄弟と姉妹ということならいつでも受け入れたいが、きみたちがふたりで使える部屋はない、きみが床で寝てもかまわないというなら自分やほかの何人かの男たちと一緒に居間を寝床にして、ナディアは二階でほかの女たちと一緒にいることになる、ということだった。悲しいことだが、自分と妻も新入りではなく最初からその邸宅にいたのにいまは別々に寝ているし、なるだけたくさんの人を詰め込んで、かつ、いままでのように正しく生きていくにはそれしかないんだ、と。

いい知らせがある、と言ってサイードがナディアにその話をすると、彼女はいい知らせだとはまったく思っていない様子だった。

「どうして引っ越さなきゃいけないの?」とナディアは言った。

「自分たちの仲間といられるだろ」とサイードは答えた。

「あの人たちがどうして仲間なわけ？」

「同じ国の人たちじゃないか」

「前にいた国のね」

「そうだよ」サイードは苛立ちを表に出さないようにした。

「私たちはその国から出てきたじゃない」

「だからってつながりが切れるわけじゃないだろ？」

「あの人たちと私は違う」

「まだ会ったこともないのに」

「会う必要なんてない」ナディアは張り詰めた息をふうっと吐いた。「ここなら、自分たちの部屋があるわけだし」と言って口調を和らげた。「ふたりきりでいられる。これはすごく贅沢なことなのに、どうしてそれを捨てて別々に寝るの？ 知らない人が何十人もいるところで？」

サイードは答えに詰まった。あとから考えてみれば、たしかに、自分たちの寝室を捨てて、そのかわりに壁を隔てた別々の場所を手に入れようというのはおかしな話だった。別々に寝るというのはサイードの父親と暮らしていたときにしていたことで、彼からすれば恐怖の記憶はあったが、どこか懐かしい日々でもあった。ナディアに対するサイードの思い、サイードに対するナディアの思い、ふたりで一緒に感じていたことが懐かしかった。彼はそれ以上は食い下がることはしなかったが、その夜、ベッドでナディアが彼の顔に自分の顔を近づけ、息で唇がくすぐられるくらいまで近くなっても、サイードはそのわずかな隔たりを埋めてキスしようという気持ちを奮い起こすことができなかった。

毎日、戦闘機が空を横切って白い筋を残していき、その高い音を聞いた〝暗いロンドン〟の人々は、戦闘で相手となる政府や排外主義者たちが技術面で優位なのだと思い知らされた。サイードとナディアはときおり、地区の境界で戦車や装甲車や通信アンテナを見かけた。動物のように四つん這いになったり歩いたりしているロボットは、兵士たちのために荷物を運んでいるか爆発物の解体を練習するか、それ以外の未知の任務に備えていた。数は少ないとはいえ、それらのロボットと頭上を飛ぶドローンが戦闘機や戦車にもまして恐ろしく思えたのは、それが止めようのない効率性と非人間的な力を表していて、齧歯類動物が蛇を前にしたように、小さな哺乳動物がまったく別種の捕食者と対面するときに似た恐怖感を呼び起こされたからだった。

評議会の会合でナディアが耳を傾けていると、年長者たちは作戦がいよいよ開始されたらどうすべきかを話し合っていた。もっとも重要なのは血気にはやる若者たちを抑えることだ、ということで意見は一致した。武力による抵抗は虐殺につながってしまうだろうから、非暴力によって対応し、攻撃する側を恥じ入らせておとなしくさせるのがもっとも強力な策になる。みながそれに頷いたが、ナディアだけは自分の考えを整理できなかった。かつて住んだ街が武装組織に投降したときに降伏した人々がどんな仕打ちを受けるのかを見てきたことに加え、若者たちは自分の銃やナイフや拳や歯を使う権利があるはずだとも思った。小さい者が必死に暴れれば大きな者の餌食にならずにすむこともある。だが、年長者たちの発言にもたしかに一理ある。彼女の気持ちは揺れた。

サイードの気持ちも揺れていた。だが、同じ国出身の人々がいる近くの邸宅では、白い印のひげの男が、殉教はもっとも望ましい結末ではないが心の正しい者たちがそれを選ぶほかないときもある、と言った。移民と難民たちは人種や言語や国の違いを超えて信仰によって団結すべきだ、扉だらけになったいまの世界ではそんな違いなど意味がなく、いま重要なのは移動の権利を求める人々とそれを拒む人々との違いだけだ、そのような世界においては心の正しい者たちの信仰は移動を求める人々を守るべきなのだ、とその男は訴えた。サイードは迷った。そうした言葉に感動し、鼓舞された。母親の命を奪い、おそらくは父親の命もすでに奪ったであろう故国の武装組織の野蛮な言葉とは違っていたが、その一方で、その男の言葉に惹かれて集まってくる男たちを見ていると、かすかにではあれ武装組織を思い出し、そのことを考えると、自分が内側から腐っていくようなもやもやした感覚になった。

サイードの国出身の人々の家には銃があり、さらに多くの銃が日ごとに扉を通じて届けられていた。サイードはライフルではなく、隠し持っておける拳銃を受け取った。それで排外主義者たちから身を守れると思ったのか、それとも隣人であるナイジェリア人たちから身を守れると思って受け取ったのかは、自分で考えてもわからなかっただろう。その夜、服を脱ぐときも拳銃の話はしなかったが、ナディアの目から隠しはせず、銃を見られれば、評議会での決定から考えればけんかになるか、少なくとも言い合いにはなるだろうと思った。だが、そうはならなかった。ナディアは見つめているだけだった。サイードは彼女を見つめ、顔から体にかけての生き物としての形を奇妙だと思い、ナディアも彼のことを奇妙だと思った。サイードが手を伸ばすと、ナディアは近づいたが、そうしつつもわずかに体を離し、ふたりの交わりにはおたがいへの暴力と興奮が、痛々しさと紙一重のショックを受けた状態があった。

ナディアが眠りに落ち、ブラインドのすきまやその周囲から穏やかに射し込む月明かりのなかで横になっているとき、サイードはようやく気がついた。拳銃をどう手入れすればいいのか自分にはまるでわからず、引き金を引けば銃弾を発射できるはずだということしか知らない。ぼくはばかな真似をしているだけだ。明日には拳銃を返したほうがいい。

〝暗いロンドン〟で電気がある場所に住む人々は電気を取引して商売していたため、サイードとナディアはときおり携帯電話を充電することができた。ふたりが住む地区の端では電波が安定していたので、ほかの多くの人々のようにそこに歩いていって世界の情勢に追いついていた。派遣部隊と一台の戦車を通りの向かい側に眺めつつ、ある建物の正面階段にナディアが腰を下ろして携帯電話でネットのニュースを読んでいると、自分が派遣部隊と一台の戦車を通りの向かい側に見つつ携帯電話でニュースを読んでいる写真が目に入ったような気がした。ナディアは啞然とし、どうすればそのニュースを読むと同時にニュース自体になることができるのか、どうすればその新聞社は自分が写った画像をリアルタイムで掲載できたのかと不思議に思い、カメラマンを探してあたりを見回してみると、まわりの時間が歪んでいくような感覚になった。あたかも、自分が過去からやってきて未来についての記事を読んでいるかのような、あるいは未来からやってきて過去についての記事を読んでいるかのような感覚であり、いま立ち上がって家に帰ればナディアがふたりいるのではないか、自分はふたりのナディアに分裂してしまい、ひとりは階段に座ったまま記事を読み、もうひとりは歩いて家に帰り、そのふたつの自己にはそれぞれ違う人生が開けていくのではないかという気がしてきて、心のバランスを、いやひょっとすると正気を失いかけていると思い、その画像を拡大してみると、黒いローブを着て携帯電話でニュースを読んでいる女性は、じつはまったくの別人だった。

そのころのニュースは戦争や難民や移民や排外主義者たちのことばかりであり、国家から分離する地域、周辺地域から分離する都市といった分裂の話題にも事欠かなかった。誰もが寄り集まりつつあると同時に、誰もが遠ざかっていくように思えた。国境を失った国家は幻想めいた存在になりつつあり、その役割とは何なのかと人々は疑問を持ちはじめていた。より小規模な集団のほうが理にかなっていると言う声も多かったが、より小規模な集団では自衛できないと主張する声もあった。

その当時のニュースを読んでいると、国家とはいくつもの人格を持ったひとりの人間のようなものだと思えてきた。団結を訴える声もあれば解体を訴える声もあり、いくつもの人格を持ったその人間は、肌が溶けていきながら溶液のなかを泳ぎ、まわりには同じように肌が溶けかけた人々がぎっしり詰まっている。イギリスですら、その現象と無縁ではなかった。イギリスは首を斬り落とされてもまだ立っている男のようにすでに分裂してしまったのだという主張もあれば、イギリスはひとつの島であり、そこに来る人々が変わったとしても島はあり続け、これまでの数千年もそうやって続いてきたのだからこの先の数千年もそうやって続いていくのだという主張もあった。

よそ者どもを皆殺しにせよ、と唱える排外主義者たちの狂暴さが、ナディアの心にはもっとも強く焼きついた。それが心に焼きついたのは、故郷の街での武装組織の狂暴さと何も変わらない、強い既視感のある主張だったからだ。彼女は自問した。自分とサイードは移動してきたことで何かを成し遂げたのだろうか、人々の顔と建物は変わってもふたりが直面する問題は基本的には変わっていないのではないか。

だが、肌の色も服装もさまざまな人々が周囲にいるのを見るとナディアは安心し、あそこよりもここのほうがいいと思った。そして、自分は生まれた土地でほぼ一生を過ごしてきたが、もうその時期は終わって新しい時期に入ったのだと思い、困っていようといまいとその思いをしっかりと嚙み締めた。暑い日にバイクに乗っていてヘルメットのバイザーを上げ、顔に当たる風を感じるときのように。風だけでなく、埃や汚れた空気や小さな虫も顔に当たり、虫が口のなかに入ってくることもある。そうなるとぎょっとして吐き出すことになるが、そのあとには不敵な笑顔、荒々しい笑顔になるものだ。

ほかの人々にも、扉は解放をもたらした。メキシコのティファナを見下ろす丘陵地帯にある孤児院に「子どもたちの館」という飾り気のない名前がついていたのは、そこが厳密には孤児院ではなかったせいかもしれない。正確に言えばただの孤児院ではなかったが、ときおり国境を越えて塗装や大工仕事や壁板をかけて接着するといった作業にやってくるボランティアの大学生たちからは孤児院と呼ばれていた。とはいえ、「子どもたちの館」にいる子どもたちの多くには、生きている親か兄弟姉妹かおじやおばが少なくともひとりはいた。たいていの場合、そうした親族は国境を越えたアメリカ合衆国で汗水垂らして働いていて、その不在が長引くうちに、子どもが大きくなって越境を試みるか、親族が疲れ果てて帰国してくるか、あるいは、人生とその終わりは予測がつかないものであり、離れているところでは死はいかにも気まぐれに動き回るために、ときおり、いやしばしば、不在が永遠のものになることもあった。

館は丘の頂上から続く尾根にあり、その表を通りが走っていた。金網フェンスで囲われて地面の一部がコンクリートになった遊び場が裏手にあり、眼前の乾ききった峡谷には一本の通りに沿って低い住居が点在し、土台柱の上に乗って海上に突き出たようなつくりの家も何軒かあり、その土地が乾燥していてどこにも水がないことを思えば不自然に見えた。とはいえ、西に二時間ほど歩けば太平洋があり、地形を考えれば土台の柱は理にかなっていた。

その近くにある酒場は、ふだんは若い女を見かけるような場所ではないが、そこにある黒い扉からひとりの若い女が姿を現しはじめても、このご時世とあって酒場の店主は騒ぐこともなかった。出てきた女は立ち上がると、颯爽とした足取りで孤児院に向かった。孤児院でべつの女を、というよりは大きくなった女の子を見つけ、何年間も携帯電話やパソコンの画面で見てきたのですぐに娘だとわかってその女の子を抱きしめ、女の子は自分の母親を抱きしめ、それから気恥ずかしそうな様子になった。

女の子の母親は孤児院を運営する大人たちに会い、子どもたちの多くはその姿をじっと見つめ、彼女が何かの予兆であるかのようにおしゃべりをした。もちろん、その母親が来たということはほかにも来る人がいるだろうから、彼女は予兆だった。その日の夕食には米飯と揚げ直した豆が紙の皿に盛られ、すきまなく並べられたテーブルに置かれて、全員でベンチに座っての食事になり、母親が高官か聖人のように中央に座って話をすると、なかには、子どもであるがゆえに、それが自分たちの母親にもいま起きていることなのだと想像する子どもたちもいた。あるいは、過去に、自分たちの母親がまだ生きていたときに起きていたことなのだ、と。

その日、孤児院に戻ってきた母親は、娘がさよならを言って回れるようにと一晩泊まった。それから母と娘が酒場に歩いていくと、店主はふたりを迎え入れ、首を横に振りつつも笑顔になっているせいで口ひげが曲がり、荒っぽい顔つきが一瞬間抜けに見えたそのとき、母と娘は姿を消した。

ロンドンでは、正規軍と準軍事組織が全国から動員されて首都に配備されたという知らせがサイードとナディアの耳に入った。名前は古めかしいが装備は現代的なイギリスの連隊が、どのような抵抗に遭ったとしても相手を切り崩そうと構えている様子を、ふたりは思い描いた。どうやら、とてつもない虐殺は近い。ふたりとも、ロンドンの戦いは絶望的なほど一方的な展開になるだろうとわかっていたため、多くの人々と同じく邸宅からあまり遠出はしなかった。

サイードとナディアがいるゲットーから移民と難民を立ち退かせる作戦はむごいはじまり方をした。巡査がひとり、マーブル・アーチ近くで占拠された映画館に部隊とともに足を踏み入れてからすぐに片脚を撃たれ、それに続いて、銃撃戦の単調な音が、映画館からだけではなくべつのところからもはじまり、しだいに大きくなって一帯に響き、ちょうどそのとき外にいたサイードがあわてて邸宅に駆け戻り、重い玄関扉には鍵がかかっていたので力を込めて叩いていると開き、ナディアが彼を引き入れるとすぐに扉を閉めた。

ふたりは奥にある自分たちの部屋に行くと、マットレスを窓に立てかけ、隅に座って待った。ヘリコプターの音とさらなる銃声が聞こえ、抵抗せずにその地域から立ち退くようにスピーカーから呼びかける声は床が震えるほどの音量で響き、何千枚というビラが空から舞い落ちてくるのがマットレスと窓のすきまから見えた。しばらくすると煙が目に入り、何かが燃える臭いがして、それから静かになったが、煙と臭いはなかなか消えず、とくに臭いは風向きが変わっても残っていた。

その夜、映画館が焼け落ちたときに二百人の難民と移民たちが焼死した、という噂が広まった。男も女も子どもも犠牲になったが、とりわけ子どもたちが多く命を落としたと言われ、それが事実であろうとなかろうと、あるいはハイド・パークやアールズ・コートやシェパーズ・ブッシュのロータリー近くでの殺戮で難民や移民たちが何十人と死んだといったたぐいの噂の真相がどうであれ、何が起きたにせよ、何かが起きたらしく、いったん動きは止まり、ゲットーの周辺に入ってきていた兵士や警官や志願兵たちは撤退し、その夜はそれ以上の銃撃はなかった。

翌日も、その翌日も静かなままで、その二日目にサイードとナディアは窓からマットレスを動かし、勇気を出して外に行って食べ物を探したが、まったく何も見つからなかった。停車場もスープの炊き出し場も閉鎖されていた。扉から届けられるものはあったが、それでは足りなかった。評議会が開かれ、三軒の邸宅にある食料はすべて徴発されて配給制になり、子どもたちにもっとも多く行き渡るようになった。サイードとナディアはそれぞれ、ある日はアーモンドを少々、べつの日はニシンの缶詰ひとつを分け合うことになった。

ふたりはベッドに腰を下ろし、雨を眺めながら、かつてよくしていたようにこの世の終わりについて話をした。排外主義者たちはほんとうにぼくらを殺す気かな、とサイードがまたも声に出すと、ナディアはまたも、あの人たちは怖がっているから何をするかわからない、と言った。「その気持ちはわかる」と彼女は言った。「自分がもともとここに暮らしていたらって考えてみて。すると突然、世界中から何百万という人たちがやってくるわけ」

「ぼくらの国だって、近くで戦争があったときには何百万という人たちが来た」とサイードは答えた。

「それとは違う。私たちの国は貧しかった。失うものなんてそんなにないって私たちは思っていた」

バルコニーでは、並べてある鍋やフライパンに雨が落ちて大きな音を立て、サイードかナディアが定期的に立ち上がると窓を開け、片手にひとつずつバスルームに持っていくと、栓をした浴槽に水を注いだ。水道が出なくなったいま、評議会は臨時の貯水場所のひとつとして浴槽を指定していた。

ナディアはサイードを見つめ、私がこの人の道を誤らせてしまったのだろうか、とまたもや考え込んだ。街を脱出する間際のサイードは、出ていくべきなのかどうか迷っていたのかもしれない。私はその気持ちをどちらに傾けさせることもできたのかもしれない。彼はもともとは善良で品のいい人なのだと思い、雨をじっと眺めるその顔を見ていると、その一瞬、サイードへの思いがもっとも強かったあの最初の数か月は、この世界にいる誰に対する気持ちよりもサイードへの思いが強かったのだ、と彼女は気がついた。

一方のサイードは、ナディアのために何かしてやれないか、と考えていた。迫りつつある何かから彼女を守ってやりたかったが、心のどこかでは、愛するということは、いつか自分にとってもっとも大事なものを守れなくなることだともわかっていた。彼女はもっといい暮らしをしてしかるべきだとサイードは思っていたが、また逃げ出して一か八かべつの国に行くことはしないとふたりで決めていたので、解決策は見当たらなかった。永遠に逃げ続けることができるのは、ほんのひと握りの人だけだ。どこかの時点で、追われている動物ですら疲れ切って足を止め、しばらくのあいだだけだとしても運命を待つことになる。

「死ぬときってどうなると思う?」とナディアは訊ねた。

「来世のこと?」

「来世じゃなくて、その瞬間。死ぬ瞬間のこと。携帯の画面が真っ暗になるみたいだと思う? それとも、眠りに落ちかけているときみたいに、中間にある妙なところに入り込んで、どちら側にもいる感じになると思う?」

それは死にかたにもよるかな、とサイードは考えた。だが、ナディアがじっと目を向けて答えを待っているのを見て、こう言った。「眠りに落ちる感じだと思う。死ぬ前にきっと夢を見るよ」

そのときのサイードには、そうやって彼女を守るのが精一杯だった。その言葉を聞いてナディアが温かく明るい笑顔を浮かべるのを見て、彼は考え込んだ。自分の言葉を信じてくれたのか、それとも、そんなこと思ってもいないくせに、と思ったのか。


だが、一週間が過ぎた。そして、もう一週間が。すると、地元の住民たちとその武装組織は境界から退いた。

ひょっとするとかれらは、侵入してしまえばするほかないこと、つまりは移民や難民たちを囲い込んで血まみれにし、必要であれば殺戮するということまでは自分たちにはできない、べつの方法を探さねばならないと心に決めたのかもしれない。ひょっとすると、扉をすべて閉鎖することはできず、この先も新しい扉が開き続けるだけだということを悟り、共存を拒否すればどちらか一方が存在しなくなるほかなく、もう一方も、相手を拒絶するその過程で変質してしまい、あまりに多くの地元の両親が、子どもたちと目を合わせることも自分たちのやったことを堂々と語ることもできなくなってしまうと理解したのかもしれない。ひょっとすると、扉がある場所があまりに増えたいまでは、ひとつの場所で戦う意味がなくなってしまったのかもしれない。

理由は何であれ、こうして勝利を収めたのは品位と勇気だった。怖れていても攻撃しないためには、勇気が必要となる。電気と水道が復旧し、それに続いて交渉が行われ、その知らせが広まると、サイードとナディアと隣人たちはパレス・ガーデンズ・テラスの桜の木々の下で夜遅くまで祝った。

第九章

その夏、惑星全体の人々が移動しているようにサイードとナディアには思えた。南の途上国の多くが北の先進国を目指していたが、南半球のなかでべつの土地に移る人々も、北半球のなかでべつの土地に移る人々もいた。以前は保護されていたロンドン周辺の緑地帯に、新しい都市が環状に建設されようとしていて、ロンドン自体よりも多くの人が住めることになっていた。その開発地域は「ロンドンの光輪」と呼ばれ、イギリスだけでなく世界各地で誕生しつつある無数の環状都市や衛星都市群のひとつだった。

ナディアとサイードがその年の暖かい季節にいたのは、そうした地域にある労働者用の収容所だった。ふたりは懸命に働いていた。土地をならしてインフラ工事を行い、プレハブ用のブロックで住居を組み立てるという労働の見返りに、移民や難民たちに約束されていたのは〝四十メートルと一本のパイプ〟、つまりは四十平方メートルの土地に建つ家と、現代的な設備すべてへの接続だった。

双方の合意のもとで時間税が設けられ、最近になって島にやってきた人々の収入と重労働の一部が何十年も住んでいる人々のもとに渡ることになった。その負担は住む期間が長くなるほど下がっていき、それにつれて補助金が増えていく仕組みだった。分裂状態はかなり深刻であり、紛争が一夜で消えたわけではなく、火種がしつこく燻ってはいたものの、しつこく燻っているという報道からは終末的な状況だとまでは思えなくなっていた。法のうえでは所有していない土地を手放したがらない移民や難民たちがいて、移民や難民たちにも排外主義者たちにもまだ爆破をしたりナイフや銃で襲撃を行ったりする者もいたが、サイードとナディアの見るかぎり、少なくともイギリス全体では、大多数の人々にとってそれなりに治安が保たれたなかで生活していくことができた。

サイードとナディアのいる労働収容所は防護フェンスで囲われていた。その内側にはプラスチックのように見える灰色がかった建材でできた大きな棟がいくつも並び、金属の桁で支えられているためにそれぞれがぴんと立ち、内部は風通しがよく、雨と風をしっかり防げるようになっていた。そうした宿泊施設のひとつで、カーテンで小さく仕切られたスペースをふたりは与えられた。ぎりぎりサイードの手が届くくらいの高さに渡されたケーブルからカーテンが吊るされ、その上には何もない空間が広がっていて、棟の下半分は屋根のない迷宮か巨大な野外病院の手術室のようになっていた。

穀物と野菜と乳製品、運がよければ果汁のあるフルーツと少しばかりの肉もある食事を、ふたりは控えめに食べた。わずかに空腹ではあったが、労働はきついうえに長時間にわたるものだったので夜はぐっすり眠れた。その収容所にいる労働者たちが最初に建てた住居はほぼ入居できる状態になり、サイードとナディアは入居待機リストの上のほうに名前があったため、秋の終わりごろには自分たちだけの家に引っ越せる見込みだった。ふたりの皮膚にできたマメは固くなり、雨もあまり気にならなくなった。

ある夜、簡易ベッドでサイードと並んで寝ていたナディアの夢に、ミコノス島の女の子が出てきた。その夢のなかで、ナディアはロンドンで最初にたどり着いた邸宅に戻って二階に上がり、扉からギリシャのあの島に戻っていた。目を覚ましたナディアは息遣いが荒く、夢があまりに鮮やかだったせいで自分の体が生き生きとして張りつめ、ともかくも変化していると感じ、それからはふとしたときにミコノス島のことを考えるようになった。

サイードのほうは、父親の夢をよく見た。最近になって故郷の街から逃げ出すことに成功し、ブエノスアイレス近郊にたどり着いた従弟がいて、サイードとはソーシャルメディアでつながっていた。その従弟が、サイードの父親が死んだと知らせを送ってきた。父親は何か月も肺炎を患っていて、最初はただの風邪だったのがひどくこじらせてしまい、抗生剤がなかったせいで命を落としてしまったが、ひとり寂しく逝ったのではなく、きょうだいたちに看取られ、望んでいたとおりに妻のそばに埋葬されたということだった。

これほど遠く離れたところで、どうやって父親の死を悼むべきか、どうやって自責の念を表現すればいいのか、サイードにはわからなかった。そこで仕事の量を増やし、体力がほとんど残っていなくても追加の勤務シフトを引き受けた。ほかの夫や妻や母親や父親や男女も勤務時間を追加して働いていたため、それでナディアと一緒に入居できるまでの待機期間が短くなるわけではないが、待機期間が長引くわけでもなく、リストのふたりの順位は維持されていた。

サイードの父親が世を去ったという知らせに、ナディアは覚悟していたより深く心を揺さぶられた。そのことをサイードに話そうとしたが、なんと言えばいいのか言葉にならなかったうえに、サイードのほうは無口になってしまっていた。彼女はときおり罪悪感に襲われたが、それが何についての罪悪感なのかはよくわからなかった。わかっていたのは、その罪悪感が襲ってきたときにサイードと別々の仕事場にいて離れていられると安心するということだったが、彼が一緒でなくてよかったという安心も、それについて考えはじめると消えてしまった。いったん考えはじめると、罪悪感はすぐに出てきてしまったからだ。

父親のために一緒に祈りを捧げてほしい、とサイードはナディアに頼まず、彼女のほうから一緒に祈ろうと言い出すこともなかったが、サイードが知り合いと集まって宿泊所の長い影のなかで祈るとき、彼女は、私もそこに行く、自分では神に祈りはしなくても、あなたやほかの人たちと一緒に座る、と言った。サイードは微笑んで、その必要はないよと言った。ナディアはそれに言葉を返せなかった。だが、それでもサイードのそばにいて、何百人、何千人という人々の足や相当な重さの車両のタイヤに踏まれたせいで草がなくなったむき出しの地面に座っていると、自分は歓迎されていないのだと初めて感じた。あるいは、自分がするべきことはないのだと思ったのかもしれない。その両方だったのかもしれない。

この新しい世界になかなか適応できずにいる人々は多かったが、予想外に心地よく感じる人々もいた。

アムステルダム中心部のプリンセン運河沿いにある小さなアパートメントで、老人の男がベランダに出てきた。何世紀も前に建てられた運河沿いの家と、かつての倉庫を改装した何十というアパートメントからは中庭を見渡せるようになっていて、この水の街にある中庭には熱帯のジャングルのように青々と葉が茂り、老人のベランダの木材の端には苔が生え、シダ植物も茂り、その茎を巻きひげが這い上がっていた。彼はそのベランダに二脚の椅子を出していた。大昔にそのアパートでふたりで暮らしていたときの名残だったが、最後の恋人と後味の悪い別れかたをしてからはひとり暮らしで、老人はその椅子の片方に腰を下ろすと、パリッとしているが湿気のせいでほのかに柔らかい紙を震える指でうまく巻いてタバコに火をつけ、その匂いできまって父親のことを思い出した。もうこの世にはいない父親はよく息子と一緒にレコードプレーヤーでSFの冒険物語を聴き、パイプにタバコの葉を詰めて煙をくゆらせながら、海の怪物たちが大型潜水艦に襲いかかる場面に耳を傾けた。録音された風や波の音がかれらの家の窓に当たる雨音と混じり合い、そのときはまだ少年だった老人は、大きくなったらぼくもタバコを吸うんだ、と思っていた。そして、半世紀以上にわたって愛煙家だった彼がタバコに火をつけようとしていたそのとき、中庭にあって菜園用の道具類が入れてあったが外国人が絶えず行き来するようになっていた共用の小屋から、目を細めたしわだらけの男がひとり、パナマ帽をかぶって杖を持ち、熱帯地方のような服で姿を現した。

老人はそのしわだらけの男を無言で見つめた。タバコに火をつけ、煙を吐き出した。しわだらけの男も口をきかなかった。杖にもたれかかり、通り道の砂利をこするような音を立てながら中庭を歩き回っていた。それからまた小屋に入ったが、立ち去る前に、いくぶん軽蔑の眼差しを向けていた老人のほうを見ると、礼儀正しく帽子を取って挨拶をした。

その身振りに老人は虚をつかれ、釘付けになったように座ったまま動かず、どう反応したものかと思っているうちに、しわだらけの男は小屋に足を踏み入れて消えた。

次の日も、同じことが繰り返された。老人はベランダに座っている。しわだらけの男が戻ってくる。ふたりはおたがいを見つめる。今回は、しわだらけの男が帽子を取ると、老人はそのとき手に持って飲んでいたアルコール度数の高いワインのグラスを上げ、真剣だが礼儀正しく頷いてみせた。どちらの男も微笑むことはなかった。

三日目、老人はしわだらけの男に、もしよければベランダでご一緒しないかと言った。老人はブラジルのポルトガル語を話せず、しわだらけの男はオランダ語を話せなかったが、どうにか会話を交わし、それは切れ目だらけとはいえ大いにくつろげるやりとりであり、二本の古い木にとっては数分間や数時間そよ風が吹かなくてもなんでもないように、ふたりの男はぎこちなさにほとんど気づきもしなかった。

その次にやってきたとき、しわだらけの男は、小屋のなかにある黒い扉を通って一緒に行かないかと老人を誘った。老人はそれに応じ、しわだらけの男と同じようにゆっくりと歩いていき、扉の向こうで手を貸してもらって立ち上がると、そこはリオデジャネイロ、坂の多いサンタテレサ地区だった。アムステルダムを出たときより時刻は早く、暖かかった。しわだらけの男は彼に付き添って路面電車の線路を渡り、自分が仕事をしているアトリエと、自作の絵を何点か見せた。老人はそれまでの展開にすっかり茫然としていて、客観的になるなど望むべくもなかったが、その絵には本物の才能があると思った。一点を買ってもいいかと訊ねると、どれでも選んでくれたら差し上げる、と言われた。

一週間後、あの中庭を見下ろすプリンセン運河のアパートメントに住んでいた戦場カメラマンの女が、向かい側の下の階のベランダにいる年配のふたりに初めて気がついた。それからほどなくして、彼女にとっても意外なことに、ふたりの初めてのキスも目撃することになり、たまたま持っていたカメラのレンズ越しにその場面を写真に収めたが、がらにもなく感傷的になったのと敬意を覚えたことも手伝って、夜になると彼女はその画像を削除した。

マスコミから記者が派遣され、サイードとナディアの収容所や作業場所に現われることもあったものの、たいていは住民たち自身が日々の出来事を記録し、投稿し、ネット上でコメントをした。例に漏れず、外からの注目を集めやすいのは大きな事件だった。たとえば排外主義者の襲撃によって機械が使用できなくなったり、完成間近だった住居ユニットが破壊されたり、収容所から遠くに出すぎた労働者数名がひどい暴行を受けたといった出来事。あるいは逆に、移民か難民が地元出身の監督をナイフで刺したとか、移民と難民のライバル集団のあいだで抗争が起きたといった出来事。だが、たいていの場合は報じるべきことはほとんどなく、どこにでもあるように無数の人々が働き、生活し、歳を取り、恋をしたり恋に破れたりする日々が続いているだけだったため、見出しを飾るほどではないとみなされるか、当事者以外にはさして面白くはないと思われていた。

当然のことながら、収容所にはその国出身の者は暮らしていなかった。だが工事現場では、移民や難民たちとともにその国出身の人々も働き、ほとんどは作業監督か重機の運転士をしていた。恐竜を機械化したような巨大な車両が動かされ、大量の土を持ち上げるか、熱く細長いアスファルトをローラーで平らにするか、咀嚼する牛のような泰然自若とした動きでセメントをかき混ぜている。もちろんサイードはそれまでにも建設機械を見たことはあったが、いまになって目にしているものは過去に見た機械のすべてをはるかに超える大きさだった。いずれにせよ、重い息を吐く建設用エンジンのそばで働くのと、遠くからそれを見るのとはまったく別物だった。戦闘の際に歩兵が戦車のそばを走るのと、子どもがパレードで戦車を見つめるのとがまったく違う経験であるように。

サイードは道路工事班で働いていた。その班の監督をしていたのは知識も経験も豊富な地元出身の男で、白い髪が禿げた頭頂部を囲んでいて、一日の仕事が終わって汗を拭うとき以外はその頭にヘルメットをかぶっていた。公平で、力が強く、悩んでいるようないかめしい顔つきだった。おしゃべりはしないが、地元出身のほかの人々とは違って移民や難民たちと一緒に昼食を取り、サイードを気に入っているか、それは言いすぎだとしても真面目な仕事ぶりを買っているらしく、食事のときにはサイードのそばに座った。サイードは英語を話す労働者たちのひとりだということもあって、監督とその班のほかの労働者たちの中間という立場にいることができた。

建設班はかなり大きく、働ける人員は手に余るほどいるが機械は不足していたため、監督は大勢を効率よく使うために絶えず工夫をこらしていた。ある意味では、過去と未来のあいだで動けなくなったような気分だった。なぜ過去かといえば、彼が街で働きはじめたときには、仕事の割合はいまと同じように肉体労働に偏りがちだったからであり、なぜ未来かといえば、いま目の前で取り組んでいることの想像を絶するほどの規模を見てみれば、自分たちが地球そのものを造り直しているように思えたからだ。

サイードはその監督にあこがれた。監督には若い男性がしばしば惹きつけられるような静かなカリスマ性があり、あこがれられることに当の本人はひとかけらも興味がないような様子だったので、なおさら惹かれた。それに、サイードにとっても班の多くにとっても、監督と接することはその国生まれの人間にもっとも近く長く接する機会でもあったため、自分たちの新たな生活の地に住む人々の作法やしきたりや習慣を理解するための鍵が彼なのだと思えた。そしてある意味ではそうだったが、もちろん、かれらがここにいるということによって、その地の人々や作法やしきたりや習慣は大きく変わりつつあった。

あるとき、夕暮れが近くなって一日の仕事も終わりにさしかかったころ、サイードは監督のもとに行き、移民や難民たちのためにいろいろ尽力してくれていることにお礼を言った。監督は何も言わなかった。その瞬間、サイードは故郷の街での兵士たちのことを思い出した。戦闘から休暇をもらってきた兵士たちに、どこに行ってきたのか、何をしてきたのか話してほしいとしつこくせがむと、どれほどのことを頼んでいるのかまるでわかっていないんだな、という視線が返ってきたときのことを。

翌日、サイードが夜明け前に目を覚ますと、体はすっかりこわばっていた。ナディアを起こさないように体を動かすまいとしたが、目を開けてみると彼女も起きていることがわかった。まずは、まだ眠っているふりをしようかと考えた。なんといってもまだ疲れ切っているのだから、静かに横になっていてもいいはずだ。だが、そばで横になったままナディアが寂しい思いをしているのではないかと考えると落ち着かず、ごまかしたところで気づかれてしまうかもしれない。そこで、彼女のほうに体を向け、「外に行こうか?」と小声で言った。

ナディアはサイードのほうを見ずに頷き、ふたりとも起き上がると、おたがいに背を向けて簡易ベッドのそれぞれの側に座り、薄暗いなかで仕事用の長靴を手で探った。きゅっと音を立てて靴紐を結んだ。呼吸や咳の音、子どもが泣いている声、こっそりセックスをする苦しそうな声が聞こえた。棟の弱まった夜間照明は三日月ほどの明るさだった。眠る邪魔にはならず、色は判別できないが、人や物の輪郭は見えた。

ふたりは外に出た。空の色が変わりはじめ、藍色よりも薄くなっていて、ぽつぽつと人がいた。カップルや集団もいたものの、ほとんどはひとりで、眠れなかったか、もう眠れなくなってしまった人々だった。ひんやりとした空気だったが寒くはなく、ナディアとサイードは並んで立ち、手をつなぎはせずとも袖越しにおたがいの腕がそっと当たるのを感じていた。

「今朝はすごく疲れてる」とナディアは言った。

「そうだね」とサイードは言った。「ぼくもだ」

ナディアにはもっと言いたいことがあったが、そのときになって喉がずきずきしてしまい、言っておきたいことが舌と唇から出てこなかった。

サイードにも、考えていることはあった。いまならナディアに話してもいいはずだ。いまなら時間はあるし、ふたりきりで邪魔も入らないのだから、話すべきだとはわかっていた。だが、彼のほうも話を切り出せなかった。

そこで、ふたりは散歩をした。サイードが先に足を踏み出してナディアもついていき、それから並んで、大股でかなりの速足になったため、まわりの人々の目には、カップルが連れ立って歩いているというよりも二人組の労働者が行進しているように見えた。その時刻の収容所はわびしかったが、かなりの数の鳥があたりを飛び回ったり、棟や防護フェンスにとまったりしていた。建設工事のせいで木を失ったか、じきに失うことになる鳥の群れをふたりは見つめた。サイードはときおり、唇を開けたままこすれるような弱い音で口笛を吹き、ゆっくりとしぼんでいく風船のような音を立てて呼びかけた。

その呼びかけに気づく鳥はいるかとナディアは見守ったが、ふたりが歩いていっても、一羽たりとも気づいたそぶりは見せなかった。


ナディアは女性が主体の班で配管設置の作業にあたっていた。オレンジや黄や黒や緑といった色の巨大な円筒形の管と台を設置すると、それが新たな都市の血流や思考となり、人々が動くことなくつながれるようにしてくれる。配管設置班の前を、コモリグモかカマキリのように広く構えた一台の掘削機が動き、前方についた一対の危険そうなアタッチメントが合わさり、口のところにある銃眼模様の削土機を動かすようになっていた。その掘削機が作っていく溝に、設置班が配管の山から一本を取り出し、下ろし、接続していく。

掘削機の運転士をしていたのは、腹の出た地元出身の男だった。その妻はナディアにはイギリス生まれに見えたが外国出身で、二十年ほど前に近くの国からやってきたらしく、先祖の訛りがかすかに残っているようだったが、イギリス生まれの人々にもじつにさまざまな方言があるのでナディアにははっきりとはわからなかった。その女性は近くで食事準備班の監督をしていて、昼休みにナディアの作業場所に夫がいればやってきた。夫はいくつもの設置班のために溝を掘っていたのでその場にいないこともあったが、ナディアのところにいるときは妻とふたりでサンドイッチを広げ、魔法瓶のふたを開け、食べ、話をして笑っていた。

夫妻は誰でも歓迎したため、時が経つにつれ、ナディアや班の女性たちもその輪に入るようになった。運転士はじつはおしゃべりと冗談好きで、話を聞いてもらえてうれしそうにしていて、妻はそれに比べると無口とはいえ、女性たちが夫の話にうっとりと耳を傾けてくれることに同じくらい喜んでいた。ひょっとすると、そのおかげで夫がさらに大きな存在に思えたのかもしれない。ナディアはそうした集まりではまわりを見守って微笑むだけにしてほとんど口を開かず、ふたりを女だけの国の女王と王のようだと思った。ほんのいくつかの季節しか続かない領土だし、夫妻もそれをわかっているけれども、それでも楽しむことにしたのだろうか、と。

ロンドン周辺では月ごとに労働収容所の数が増えていると言われていた。それが事実だったとしても、サイードとナディアには、日ごとに自分たちの収容所が新入りで膨れ上がっていくのがわかった。歩いてやってくる人々、バスやバンで到着する人々。休みの日には、労働者たちは収容所の近辺で人助けをするよう奨励され、サイードはしばしば、来たばかりの人々を整理して入居の案内をする役を買って出た。

サイードがあるとき案内した、母親と父親と娘の三人家族は、日光に一度も当たったことがないのかと思うほど白い肌をしていた。光を含み込んでいるかと思える三人のまつ毛や、小さな血管が走っているのが見える手や頰に、サイードは目を見張った。どこの出身なのだろうと不思議に思いはしたが、一家は英語を話せず、一家の言語をサイードは話せず、あれこれ詮索することはしたくなかった。

母親は長身で肩は細く、父親も同じくらいの背丈で、娘は母親よりもわずかに小さく、サイードとほとんど同じ身長だったが、おそらくはかなり若く、まだ十三歳か十四歳といったところだった。一家から不審そうで切羽詰まった目を向けられたサイードは、緊張している馬や子犬と初めて顔を合わせたときのように、穏やかに話しかけ、ゆっくり動くように努めた。

その一家と一緒にいた日の午後、サイードは三人が耳慣れない言語でおたがいに話しているのをほとんど耳にしなかった。たいていは、身振りや目の動きで意思疎通をしていた。もしかすると、ぼくがその言語を知っているのかもしれないと心配しているのだろうか、とサイードは最初は思っていた。それから、どうやら違うらしいと思いはじめた。三人は恥ずかしがっているのだ。流浪の身となった人々にとって、恥は共通の感情であって、恥ずかしく思うことはべつに恥ではないことを、三人はまだ知らないのだ。

サイードは新しい棟の指定された場所に一家を連れていった。まだ人の姿はなく、必要最低限のスペースで、簡易ベッドが一台あり、ケーブルから布製の棚が下がっているだけだった。そこに身を落ち着けてもらおうと、立ち尽くしてまじまじ見ている三人を置いていったんその場を離れた。だが、一時間後、食堂用テントでの昼食に連れていこうと戻ってきたサイードが声をかけ、母親が正面扉のかわりになっている垂れ布を片側から開けると、その内部に家ができているのが見えた。棚はどれもいっぱいになっていて、丁寧に包まれた所持品が床に置かれ、簡易ベッドには上掛けが広げられ、娘があぐらをかいていた。何にももたれずに背筋をぴんと伸ばし、膝の上に置いた小さな手帳だか日記帳に猛烈な勢いでページいっぱいに書き込んでいて、母親から名前を呼ばれるとようやくその手帳を閉じ、首から紐でかけている鍵を使って手帳に施錠すると、自分の持ち物を集めたらしい山の真ん中に押し込んで見えないようにした。

娘を後ろにしたがえ、両親はサイードを見ると頷いた。サイードは踵を返すと、すでに三人のものになろうとしている場所から、前に進めばちゃんと食べ物がもらえる場所に向かった。

北国では、夏の夕方は果てしなく続く。サイードとナディアはあたりが完全に暗くなる前に眠りに落ちることがよくあったが、その前にはよく表の地面で収容所に背を向けて座り、携帯電話にかがみ込んではるか遠くを旅しつつも、一緒にいるように見えて一緒ではなく、ときおりどちらかが顔を上げ、破壊された周囲の土地を抜けてくる風を顔に受けていた。

会話がないことを、ふたりは疲労のせいにしていた。一日の終わりにはたいてい疲れきっていて口もきけないくらいだったうえに、携帯電話には自分の周囲とは違うところへ連れていってくれるという独特の力があり、それも会話をしない一因にはなった。だが、ベッドで横になっても、サイードとナディアはかつてのようにはおたがいの体に触れなくなった。棟の内部のカーテンで仕切られた空間は完全にはプライベートな場所だとは思えなかったのが原因ではなく、少なくともそれだけが原因ではなく、かつては言い争いをすることに慣れていなかったが、それなりに長い会話をするときには、神経がむき出しになっているせいで長く接触していると痛みが生じるかのように、しじゅう言い争いをしてしまった。

カップルというものは、もし相手にまだ目を向けていれば、移動するたびにおたがいが違うふうに見えるようになるものだ。人格とは白や青のようなひとつの不変の色なのではなく、照らし出されたスクリーンなのであって、どのような色合いを映し出すのかは周囲に何があるのかに左右される。そういうわけで、サイードとナディアも、この新しい土地ではおたがいにとって違って見えていた。

ナディアにとって、サイードはどちらかといえば前よりも精悍になっていた。仕事に力を注いで痩せているのが似合っていて、どこか内省的な雰囲気になり、少年らしさが消えて頼りがいのある男が現れていた。ときおり、ほかの女性が彼に目を向けていることにも気がついたが、彼女自身は彼の精悍さには奇妙にも心惹かれなかった。まるで彼がひとつの岩か家であって、見とれはするが本物の欲望は感じないものであるかのように。

いまの彼は、夏に入ってからあごひげに二、三本の白い毛が混じるようになり、礼拝は前より規則正しく、朝と夕には欠かさなかった。昼休みにも欠かさず礼拝しているのかもしれない。口を開くときには舗装のことや、待機リストでの順位や政治の話をしたが、両親のことも、旅行のことも、いつか一緒に行けるかもしれない土地のことも星のことも、もう口にはしなかった。

労働収容所でもネット上でも、サイードは同じ国の人々に惹かれるようになった。ナディアには、ふたりが生まれた街から時間的にも空間的にも遠くに行けば行くほど、サイードはその街とのつながりを強めようとして、彼女からすればもう消えたはずの時代の空気をつなぎ止めようとしているように思えた。

サイードにとって、ナディアはどれほど疲れていても、初めて出会ったときからさほど変わらず、驚くほど魅力的なままだった。だが、まだ黒いローブを着続けているのは不可解であり、彼女が礼拝をせず、ふたりの母国語を使おうとせず、同じ国の人々を避けているのには少し苛立ち、もういいかげんその服を脱げよと叫びたくなるときもあり、それから、心が縮み上がるような思いをした。まだナディアのことを愛していると信じていたため、そうやって憤りが湧き上がってくるせいで、自分のこと、自分がなりかけている状態が腹立たしくなってしまった。ロマンティックさに欠けるような男になりたいと、男は願うべきではないのだ。

ナディアに対して、サイードはそれまでずっと抱いていた思いのままでいたかった。その感情を失ってしまうかもしれないと思うと、よりどころがなくなり、どこにでも行けるが何も見つからない世界を漂流してしまうような気がした。彼女のことをいつも考え、大事に思い、守ってやりたいと考えているのはたしかだった。いまとなっては親しい家族はナディアだけであり、サイードにとって何より大事なものは家族だったため、ふたりのあいだに温もりがないように思えるときにははかりしれないほど悲しく、その悲しみがゆえに不安になった。いままでの喪失のすべてが結合してひとつの核となっているのではないか、その中心となる核では、母親の死も父親の死も、恋人を深く愛してきた理想の自分の死もすべてがひとつの死のようになっていて、精いっぱい仕事をして礼拝をすることでしか耐えられないのではないか。

ときおりではあっても、サイードはナディアと一緒にいるときには微笑むことにして、その微笑みで彼女の心に温もりや思いやりを与えてやりたかった。だがナディアが感じていたのは、悲しみと、自分たちはこんなふうになるはずではなかった、ふたりで出口を見つけなければ、という思いだった。

そうしたことがあって、ある日、上空をドローンが横切り、そしてふたりの携帯電話から発せられる目に見えない監視ネットワークがすべてを録音し、捉え、記録しているなかで、ナディアが出し抜けに、この土地を出ていこう、待機リストの順位もここで作ってきたものもすべて捨てて、近くにあるという扉から太平洋岸のサンフランシスコ近くにあるマリンという新しい都市に行こう、と提案したとき、サイードは予想に反して反対することもいやがることもなかった。いいよ、と彼は言い、ふたりの胸を希望が満たした。ふたりの情熱はふたたび燃え上がり、そう遠くはない昔のような関係に戻れるかもしれない。地球を三分の一隔てたところに行けば、このままだと避けられない未来から逃れられるかもしれない。

第十章

マリンでは、丘の上に行くほど公共設備は少なくなるが、眺めはよくなる。ナディアとサイードはこの新しい都市には比較的あとからやってきて、丘の下のほうはすべて埋まっていたので上のほうに住みついた。晴れていればサンフランシスコのゴールデン・ゲート・ブリッジと湾の対岸が見渡せ、霧が流れ込めば雲の海にあちこち島が浮かんでいるのが見えた。

トタン板の屋根と、捨ててあった梱包用の木箱の側面を使い、ふたりは掘っ建て小屋を組み立てた。そのつくりが地震対策になる、と隣人たちからは教えてもらっていた。ちょっとした揺れで倒れてしまうかもしれないが、建材としては軽いおかげで住人が大きな被害を受けることはない。Wi-Fiの電波は強力だった。ふたりはソーラーパネルと電池に全世界対応のコンセントも確保し、人工繊維の布とバケツで雨水を集める仕組みと、プラスチックのボトルのなかに上下逆さにした電球のフィラメントのようなもので露を集める仕掛けも設置した。最低限のものしかないとはいえ、そのほかの面で想定されるほど厳しい生活ではなく、孤立しているわけでもなかった。

小屋から見える霧は生きていた。動き、濃くなり、すべり、薄く伸びる。水中や空中での目には見えない出来事を見せてくれる。寒暖や湿度は、肌で感じるだけではなく、大気中にどう作用するかによっても見えるのだ。ナディアとサイードには、自分たちが住んでいるのは山脈の峰のあいだであり大海原の上でもあるのだと思えた。

仕事に向かうナディアは丘を下っていき、まずは自分たちの地区と同じく配管も電線もない地区、それから電力系統が整備された地区、ついで道路と水道が行き届いている地区に入り、そこからはバスかピックアップトラックに乗って、サウサリート郊外に急遽造られた商業地区にある食品協同組合に働きに行った。

マリンは圧倒的に貧しく、サンフランシスコのきらめく豊かさと比べるとさらに貧しさが際立った。それでも、マリンでは少なくともきれぎれに楽観的な空気が流れていて、完全に消え失せてしまう気配はなかった。ひょっとするとそれは、住民たちが逃れてきたほとんどの土地よりもマリンが平穏だったおかげかもしれない。あるいは、大陸の端にあって世界最大の海を見渡す眺望のおかげだったのかもしれない。あるいは、人々が混じり合っているおかげかもしれないし、折り曲げた親指のように湾のなかに伸びた目もくらむようなハイテク地帯が近くにあり、少しつぶれかけた形になって、指を曲げたようなマリンに触れようとしているのがＯＫサインにも見え、何もかも大丈夫だよ、と伝えていたおかげかもしれない。

ある夜、ナディアは仕事仲間からもらったマリファナを少し持って帰ってきた。そして、坂を上がって帰宅していくときにはっとして立ち止まった。サイードはどういう顔をするだろう。故郷の街では一緒にマリファナタバコを吸って楽しんでいたが、あれから一年が経ち、あれからサイードは変わり、自分も変わってしまっているかもしれない。ふたりのあいだにできてしまった隔たりは大きく、かつてなら当たり前だったことが、もう当たり前ではなくなっていた。

無理もないことだが、サイードはかつてなくふさぎ込み、かつてなく物静かで敬虔になっていた。ナディアはときおり、彼の礼拝は自分に対するあてつけであって、批判する意味合いも込められているのではないかと思ったが、サイードからは礼拝するようにとも、なぜ礼拝しないのかとも言われたこともなかったので、どうしてそんな気がするのかはわからなかった。だが、サイードの傾倒ぶりにはさらに磨きがかかっていて、ナディアに対する気持ちはさらに薄らいでいるように思えた。

外でマリファナタバコを巻き、サイードには何も言わずにひとりでこっそり吸ってしまおうかともナディアは考え、自分がそう考えていることに驚き、サイードとのあいだにどんな壁を作ってしまっているのだろうと思った。隔たりが広がりつつあることが自分のせいなのか彼のせいなのかはわからなかったが、まだサイードに対する優しい気持ちが残っていることはわかっていたため、ナディアはマリファナを持って帰り、物々交換で手に入れてソファとして使っている自動車の座席で彼の隣に腰を下ろしたそのとき、自分の緊張ぶりに気がつき、この瞬間、マリファナを見たサイードがどう反応するのかが自分にとってはきわめて重要なのだと悟った。

ふたりの腕と脚が触れ合い、サイードの体温が服越しに伝わってきて、彼の座りかたからは疲れきっていることがわかった。だが、サイードが疲れた顔に笑みを浮かべていることに少し後押しされ、ほんの少し前に屋上でやってみせたように、彼女が拳を開いて中身を見せると、彼はマリファナを目にして、笑い出した。ほとんど音を立てない、優しく低い笑い声だった。そして、マリファナの香りのする煙がけだるく広がるような声音で「最高だね」と言った。

サイードがふたりのタバコを巻いた。ナディアは浮き立つ心を抑えきれず、彼を抱きしめたかったが、その気持ちはどうにかこらえた。サイードがタバコに火をつけ、ふたりで吸うと肺が焼けるような感覚になり、まずナディアが気がついたのは、このマリファナは故郷のハシーシュよりもはるかに強いということで、その効き目に打ち負かされ、かなり妄想気味になりかけていて、口を開くことができなかった。

しばらくふたりで黙って座っていると、外の気温が下がってきた。サイードが毛布を一枚持ってきて、一緒にくるまった。そして、おたがいを見ることなくふたりは笑い出し、ナディアは涙が出るまで笑った。

マリンには先住民はほとんどいなかった。そうした人々はずっと昔に死に絶えたか絶滅させられていて、ごくたまに即席の交易所で見かける程度だった。じつはもっと頻繁に見かけているのかもしれないが、服も様子も振る舞いも、ほかの人々と見分けがつかなかった。交易所でのかれらは美しい銀細工や柔らかい革の衣類や色あざやかな織物を売っていて、なかでも年長者たちは果てしない忍耐の持ち主のように見えることがよくあり、それによって果てしない悲しみを物語っていた。そのような場所で語られる物語には、世界中から来た人々が集まって耳を傾けるようになった。そうした先住民たちの物語は、この移住の時代にぴったりのように思え、聴衆たちに力を与えてくれたからだ。

それでも、「先住」とは相対的な問題であるため、先住民がほとんどいないというのは事実ではなかった。多くの人々が、自分たちはその国の先住民であると考えていた。それはつまり、自分たちか両親、あるいは祖父母かその祖父母が、太平洋中部の北岸から大西洋中部の北岸にかけて延びるこの土地で生まれたということと、自分たちが物理的に移住したわけではないということだった。サイードには、そうした立場をもっとも強く唱え、先住民であるという権利をもっとも強引に主張する声は、生粋のイギリス人のような白い肌の人々から出ているように思えた。そしてイギリス生まれの人々と同じく、かれらも、自分たちの故郷の国に起きつつあること、あっというまに起きてしまったことに茫然となっていて、なかには怒っているらしい人々もいた。

先住民の第三の層は、受け継いでいるのは遺伝子のごく一部だったとしても、数世紀前にアフリカから奴隷としてこの大陸に連れてこられた人々の直系の子孫と考えられている人々だった。先住民のこの層はほかと比べると大きくはなかったが、大いに重要な存在だった。社会全体がその層への反動として形成されてきたからであり、その層との関わりのなかで、口にするのもおぞましいほどの暴力が発生していたからだが、それでもかれらは持ちこたえて肥沃な土壌となっていて、ひょっとするとそのおかげで、のちのほかのすべての層が移植されることが可能になったのかもしれない。とくにサイードは、ある週の金曜日に礼拝に訪れた場所で共同礼拝を率いた男がその層の出身で、その伝統について話していたために惹きつけられ、ナディアとともにマリンにいた数週間で、その説教師の言葉には魂を落ち着かせる知恵があふれていると思うようになった。

その説教師は寡夫であり、故人となった妻はサイードと同じ国の生まれだったので、説教師はサイードの母国語を少しばかり知っていた。信仰に対する考え方も、サイードにはなじみがあると同時に斬新なところもあった。その説教師の活動は説教だけではなかった。礼拝に通う人々に食事と寝る場所を与え、英語を教えていた。小規模だが小回りのきく組織を運営していて、そろって肌の色がサイードと同じかやや濃いボランティアスタッフの若い男女に、じきにサイードも加わった。一緒に働くようになった人々のなかでも、とくに気になったのはひとりの女、説教師の娘で、巻き毛の髪を高いところで布で結わえていた。サイードは彼女に話しかけようとはしなかった。なぜなら、彼女を見ると胸がつまるのがわかり、ナディアのことを思うと罪悪感があったうえに、考えてみれば、それ以上は深入りしないほうがいいと思えたからだ。

ナディアがその女の存在を察したのは、ありがちなことにサイードとのあいだに微妙な距離ができたせいではなく、逆に温かい気遣いをされたせいだった。サイードは前よりも幸せそうで、一日の終わりにはナディアと一緒にマリファナタバコを吸うか、少なくとも二、三度ほど吹かしたがった。地元のマリファナの強さがわかったふたりは吸う量を調節していた。それからまた他愛ないおしゃべりをするようになり、旅行や星や雲のことや、そこらじゅうの掘っ建て小屋から聞こえてくる音楽のことを話した。かつてのサイードが少し戻ってきたような気がした。

そこで、自分もかつてのナディアに戻りたいと思った。だが、おしゃべりや感じのいい雰囲気は楽しかったが、ふたりが触れ合うことはめったになく、サイードに触れられたいという欲望は、ずっと減退したまま再燃することはなかった。心のなかで何かが静まり返ってしまったようにナディアには思えた。サイードに話しかけたが、自分の耳にはその言葉がくぐもって聞こえた。彼のそばで横になって眠ったが、その手や口に体を触れてもらいたいという渇望はなく、もみ消されてしまい、サイードが自分の兄弟になったかのようだったが、兄弟がいたことのなかったナディアには、それがどういう意味なのかもわからなかった。

ナディアの快楽や性愛の感覚が死んでしまったわけではない。仕事に歩いていくときにハンサムな男性とすれ違ったり、初めての恋人だったミュージシャンのことを思い出したり、ミコノス島の女の子のことを思ったりすると、ナディアはすぐに興奮した。そして、サイードが外出しているか眠っているときに自慰をすることもあり、そのときにはミコノス島のあの女の子のことを考えるようになり、それに対して自分の体が敏感に反応することにも驚かなくなった。

子どものころのサイードは、最初は好奇心から礼拝をした。母親と父親が礼拝している姿を見たサイードには、その行為はどこか謎めいていた。母親は寝室で礼拝をしていて、一日一回だったかもしれないが、神聖な時期だったり、家族の不幸や病気があった場合は、もっと頻繁にしていた。父親は日ごろは金曜日に礼拝をして、平日にはときおり祈るくらいだった。サイードは礼拝の準備をする両親をよく見かけ、礼拝する姿と、そのあと、たいていはほっと安心したか心慰められたかのような笑顔を浮かべているのを見て、祈ると何が起きるのかと不思議に思い、自分でもそれを味わってみたいと考え、両親が教えようとするのを待たずにやりかたを知りたいと言い出すと、とりわけ暑い夏に、母親から必要な手ほどきを受け、彼の礼拝ははじまった。生涯を通じて、礼拝しているときのサイードは、母親のことや、かすかに香水の匂いのする両親の寝室のことや、暑さのなか空気をかき回す天井のファンのことを思い出した。

十代を迎えようかというサイードを、父親は毎週の共同礼拝に一緒に行かないかと誘った。行きたい、とサイードは答え、それからの毎週金曜日、一回も欠かすことなく、父親は車で家に戻ってくると息子を乗せ、サイードと大人の男たちと一緒に礼拝をした。サイードにとって、礼拝は大人の男になること、大人たちの一員になることであり、自分を大人たちと結びつける儀式、さらにはある種の大人に、紳士にして穏やかな男に、共同体と信仰と優しさと品位を支える男に、つまりは自分の父親のような大人に結びつける儀式だった。もちろん、若い男たちが礼拝する目的はさまざまだが、自分を育ててくれた男の善良さを称えるために祈る若者もいる。サイードはまさにそういう若者だった。

サイードが大学に入るころには、両親は息子が小さかったときよりも多く礼拝するようになっていた。その年齢になれば大事な人々を失うことが多くなったからかもしれない。自分たちの生もはかないものだということがしだいに明らかになっていたせいかもしれない。あるいは、ほかの信仰のありかたを口では褒め称えていたとしても、結局は何よりも金を崇拝しているらしい国でのサイードの今後が心配だったせいかもしれない。ただ単に、長年続けるうちに礼拝に対する個人的な思いが強まり、より意味深いものになったせいかもしれない。その時期はサイードも前より礼拝するようになり、少なくとも一日に一回は祈り、その規律正しさや、自分で決めたしきたりを守っていることを大切に思っていた。

だがいま、マリンで、サイードは一日に数回礼拝するようになり、もう失われてしまったか、これから失ってしまうもの、祈ることでしか愛せないものへの愛を示すために祈っていた。礼拝するときにだけ、サイードは両親に触れることができた。私たちのすべて、老若男女のすべてが、親を失う子どもなのだという思いにも触れることができた。そして私たちもまた、あとからやってきて私たちを愛する人々にとっては失われた存在になる。その喪失とは、すべての人類を結びつける生のはかなさであり、私たちが共有する悲しみ、それぞれが抱えていながらもしばしば認め合おうとはしない心の痛みなのだ。それによって、死と向き合った人類はよりよい世界を築くのだと信じられるかもしれない、とサイードは思った。礼拝とは嘆きであり、慰めであり、希望でもあったが、祈りによって自分が結びつくその謎のことをナディアに対しては表現できず、表現する方法もわからなかった。それでも言葉にすることはとても大事であり、説教師の娘と初めてまともな会話をしたときには、それをどうにか言葉にすることができた。仕事のあとで行われたささやかなセレモニーはサイードと同じ国に生まれた彼女の母親を記念したもので、命日には共同で礼拝をするということだった。彼女の娘、つまりは説教師の娘から、私の母の国について教えてほしいと言われ、そばに立っていたサイードは、そのつもりはなかったが自分の母親について話しはじめ、かなり長く話をして、説教師の娘もかなり長く話をして、ふたりが話し終えたときにはもう深夜になっていた。

サイードとナディアはおたがいに忠実だった。ふたりの絆をどのように考えているにせよ、どちらも自分なりに相手を守ってやらねばならないと思っていて、気持ちが離れかけていることについてはどちらもあまり口にはせず、捨てられるという不安を与えたくはないと思ってはいたが、自分では口に出さずともその不安を感じていた。ふたりのあいだのつながりを断ち切り、ほかの誰とも分かち合えない共通の体験によってともに築いた世界を終わらせ、自分たちだけの親密な言語を失ってしまうのではないか。特別でかけがえのないものを壊してしまうのではないか。だが、マリンでの最初の数か月でふたりが一緒にいる理由のひとつがその不安感だったとしても、それよりも強力だったのは、離れていく前に相手にはしっかりとした生活基盤を持っていてほしいという気持ちであり、そのため、ふたりは最後の方ではきょうだいのようになり、友情がもっとも強く、ほかの恋愛関係とは違ってゆっくりと冷えていくことができ、その逆である怒りに凝り固まるのはごくたまにあるだけだった。あとになって、ふたりともそのことをうれしく思い、ふたりとも、あのときの決断は間違っていたのではないか、待ってさえいれば自分たちの関係はまた花開いたのではないかと自問し、そのせいで思い出は可能性を秘めたものになった。もちろん、もっとも強い郷愁の念とはそうやって生まれるものだ。

小屋のなかで嫉妬が頭をもたげることはあり、カップルではなくなりつつあるカップルは言い争いをした。とはいえ大まかには、おたがいをひとりにしておくというプロセスがかなり長きにわたって進行していて、そこに悲しみや不安があったとしても、同時にある安心感のほうが強かった。

そこには親密さもあった。あるカップルの終わりとは死のようなものであり、死や限りある命という概念は、ものごとの貴重さを私たちに思い出させてくれる。サイードとナディアもそうだった。会話をすることも何かを一緒にすることも少なくなっていき、ふたりが顔を合わせる回数は増えなかったが、一緒にいる時間は増えた。

ある夜、その地区を見張っている無数の小型ドローンの群れから、ハチドリほどの大きさの一台が落ちてきて、ふたりの小屋の扉と窓を兼ねている透明なビニールの垂れ幕に当たった。もう動かなくなった玉虫色の機体をサイードが拾ってナディアに見せると、彼女は微笑み、お墓に埋めてあげようかと言った。ドローンが落ちたその斜面にふたりでシャベルを使って小さな穴を掘り、土を埋め戻して平らにならすと、世を去った自動機械に祈りを捧げてあげたらどう、とナディアが言い、サイードは笑い声を上げて、そうしようかなと答えた。

ときおり、ふたりは小屋から出て、広々とした空の下で座り、新しい地区の音楽や人の声やバイクや風の祝祭めいた音を聞いて、かつてのマリンはどのような土地だったのだろうと思いをはせた。かつては美しい土地だったが、それはいまとは違う意味での美しさで、人はいなかったという話だった。

その年の冬には、秋と春の気配がぽつぽつと混ざり、夏の陽気に恵まれた日もあった。一度など、セーターがいらないくらいの暖かさになり、ふたりが座って眺めていると、空を流れていく明るい雲のすきまから日光のまばゆい筋が斜めに射し込み、サンフランシスコとオークランドのあちこちと、暗い湾の海面を照らし出した。

「あれはなに?」と、ナディアは幾何学的で平たい形を指してサイードに訊ねた。

「宝島っていうところだ」とサイードは言った。

彼女は笑顔になった。「面白い名前」

「そうだね」

「宝島って名前をもらうべきはその後ろの島かも。もっとミステリアスだし」

サイードは頷いた。「それから、あの橋は宝橋だよ」

ふたりの近く、いくつもの小屋で形作られた尾根の向こうでは、誰かが屋外で火をたいて料理をしていた。うっすらと昇っていく煙が見え、何かの匂いがした。肉ではない。サツマイモかもしれない。それとも料理用バナナか。

サイードはためらい、それからナディアの手に自分の手を重ねた。ナディアは指を曲げ、サイードの指先を包み込んだ。彼の脈がわかるような気がした。そうやって、ふたりはずっと座っていた。

「お腹が空いた」とナディアは言った。

「ぼくもだ」

サイードのちくちくする頬に、ナディアはキスをしそうになった。「下のへんには、人が食べたいと思う世界中のものがそろってる」と彼女は言った。


少し南にあるパロアルトに、生まれてからずっと同じ家に暮らしている年寄りの女がいた。生まれたときに両親にその家に連れてこられた彼女は、十代で母親を、二十代で父親を亡くし、そこに夫が加わり、子どももふたりがその家で育ち、彼女が離婚したときには母と子の家庭になり、そのあと二番めの夫、子どもたちにとっては継父がやってきて、子どもたちは大学に行ってそのまま戻らず、ふたりめの夫も二年前にこの世を去ったが、そうした歳月のあいだも彼女はずっと家から出ていくことはなく、旅行はしても引っ越しは一度もせずにいるうちに、まわりの世界が引っ越したように思え、家の外はほとんどべつの町になっていた。

家の価値が跳ね上がったため、その女は書類上は金持ちになっていた。子どもたちからは事あることに、もう売ってほしい、そんなに広い家があってもしょうがないでしょうと言われていた。だが、子どもたちには、そう焦らなくていい、私が死ねばこの家はあなたたちのものだし、そんなに先のことじゃないから、と優しく言いきかせた。そう話すことで、手にしてもいない金にどれだけ翻弄され、すでに使ってしまっているか、子どもたちに思い出させ、ちくりと嫌味をきかせていた。彼女は子どもたちのようなことは決してせず、もしものときに備えて、ほんのわずかなお金でもずっと貯めてきていた。

孫娘のひとりは、近くにある名門大学に通っていた。知る人ぞ知る地元の大学だったのが、年寄りの女が生きているうちに世界有数の大学に変貌を遂げていた。その孫娘が、多いときには週に一度会いに来てくれた。子どもや孫のなかで会いに来るのはその子だけで、女は孫をかわいく思うと同時にまごついた。孫娘を見ていると、自分が中国に生まれていたならきっとこういう見た目になっただろうと思った。孫娘には自分の面影があったが、彼女から見れば、全体としてはいくぶん、いやかなり、中国人らしい見た目だった。

家の通りに通じる上り坂があり、年寄りの女が小さな女の子だったころは自転車を押していって坂を上るとまたがり、ペダルを漕がずにまた下っていった。当時の重い自転車を押して坂を上るのは大変で、とりわけ、そのころの彼女のように体が小さく、そのころのように大きい自転車だとなおさら大変だった。止まることなくどれくらい遠くまで進めるのかを試してみるのが好きだった。交差点をいくつも走り抜けていき、いつでもブレーキをかける構えではいたが、覚えているかぎりでは当時は車の往来も少なかったので、あまり真剣に指をかけてはいなかった。

家の裏にある苔むした池では、ずっと鯉を飼っていた。孫娘はそれを金魚と呼んでいた。かつては通りにいる人の名前はほぼすべて知っていて、ほとんどは代々カリフォルニアに暮らす一家の出身で長年の住民だったが、歳月を経るうちにそれも急速に変わっていき、いまでは近所の誰のことも知らず、知ろうとする理由もなくなってしまった。人々は株の売買をするように家を売買し、毎年誰かが出て行って誰かが入ってきて、いまではどこからの扉が開いているのかもわからず、ありとあらゆる異邦の人々が彼女よりも居心地がよさそうにしていて、英語を話せないホームレスですら彼女より若いせいか居心地がよさそうだった。外出するときの年寄りの女には、自分も移住したか、生まれてからずっと自分の家にいたとしてもみなが移住するのだと思えた。それはもうしかたのないことなのだ、と。

私たちはみな、時のなかを移住していく。

第十一章

世界中で、人々はそれまでいたところから離れていく。かつては肥沃だったが干上がってひび割れてしまった平原から、押し寄せる津波の下であえぐ海辺の村から、人があふれる都市や過酷な戦場から。そして人から、ときには愛していた人からも離れていく。ナディアがサイードから、サイードがナディアから離れていくように。

小屋から出ていく話を先に切り出したのはナディアのほうだった。マリファナタバコを少しずつ吸いながら、なにげなくそれを言い、ほんの少し煙を吸い込んで肺のなかにとどめると、いましがた口にしたことの意味が空気に匂いを与えていた。サイードはそれに対しては何も言わず、自分でも煙をしっかりと吸い込み、あとで彼女が吐くのに合わせて吐き出していた。翌朝、ナディアが目を覚ますと、サイードは彼女をじっと見つめ、顔にかかるナディアの髪を数か月ぶりに撫でてそっと払うと、ふたりで作ったこの家を出ていくとすればぼくのほうだと言った。だが、サイードはそう言いつつも、自分が演技をしているか、演技をしているわけではなくても混乱していて、誠実な言葉を口にしているのかどうかはわからないと思った。出ていくべきなのは自分だと思っていたのは事実であり、説教師の娘と親しくなりすぎた償いをすべきだとも思った。演技のように思えたのは自分の言葉ではなく、ナディアの髪を撫でる仕草だった。そのとき、もう二度と彼女の髪を撫でることは許されないかもしれないと思った。ナディアのほうもその触れ合いに心安らぐと同時に心乱れ、それはだめ、もしどちらかが出ていくとすれば私が出ていきたい、と言ったが、彼女も同じく自分の言葉に不実な香りを嗅ぎ取った。それは「もし」ではなく「いつ」の問題であり、しかもそのときは近いとわかっていた。

ふたりの関係がおかしくなっていくのが目に見えるようになり、もっとひどくなる前にいま別れたほうがいいことはふたりともわかっていたが、その話をまたするまでには何日もかかり、話をしながらも、ナディアはすでに自分の持ち物をリュックサックと肩掛け鞄にまとめているところだったため、ナディアが出ていくという話は、見かけの上ではそうだったとしても彼女の出発については話し合われず、表現は異なるがどこを通っていくかという話になり、そのあとどうなるのかという心配事が話し合われ、きみの荷物を持っていくとサイードが言い張ると、自分でやるからと言ってナディアも譲らず、そのときのふたりは抱き合うこともキスを交わすこともなく、自分たちのものだった小屋の戸口で向き合い、握手もせず、ただおたがいをずっと見つめ合っていた。そのほかの身振りは場違いに思えた。それから、ナディアは黙って踵を返して霧雨のなかを去っていった。むき出しになった顔は濡れて生き生きとしていた。

ナディアが働いている食品協同組合では、二階の奥にある貯蔵室を利用できた。そうした部屋には簡易ベッドが置かれていて、組合でそれなりの立場にある労働者たちは、そこに泊まる必要性があるのだと同僚から認めてもらい、その部屋代を残業でまかなうなら、どうやら期限なくそのベッドで寝泊まりすることができた。その慣行は何らかの規則には違反していただろうが、サウサリート近くのその地域においてさえ、条例にはもはやさしたる効力はなかった。

組合で寝泊まりしている人々がいることはナディアも知っていたものの、どうすれば宿泊できる立場になれるのかはわからず、誰からも聞いていなかった。組合の運営と従業員の大半はナディアと同じく女性だったが、黒いローブが鬱陶しいせいか、まわりと距離を取っているように見えるのか、どちらにせよどこか威嚇的だと多くの人に思われていたため、ほんとうの意味でナディアに話しかけてくる人はほとんどいなかった。だが、ある日、彼女が現金レジで働いていると、白い肌にタトゥーを入れた男が入ってきてカウンターにピストルを置き、「なあ、これをどう思う?」と言った。

何を言えばいいのか彼女にはわからず、その男を睨み返すことはせず、かといって目をそらしもしなかった。その男のあごのあたりの一点を凝視したまましばらく無言で立っていると、男はもう一度同じ言葉を繰り返したが、今回は少し口調が弱まり、それから、組合から金を奪うこともナディアを撃つこともなくピストルを取ると悪態をつき、ずんぐりしたリンゴを積んだ山に脚をぶつけて立ち去っていった。

危険を前にした彼女の度胸に感心したのか、脅しているのは誰で脅されているのは誰なのかの線引きをあらためて確認したせいなのか、あるいは単に話題ができたせいなのか、その一件のあと、同じ時間帯に勤務する何人かが前よりも彼女とおしゃべりするようになった。自分は受け入れられつつあるのだと彼女は思い、ある同僚から、組合に寝泊まりするという選択肢があるから、もし家族に虐げられているのならそこを利用すればいいと言われ、べつの同僚からは、ちょっとした気分転換のつもりでもいいし、と素早く付け加えられると、その可能性に気がついたナディアは、扉が開きつつあるような衝撃を受けた。今回は、扉は部屋という形をしていた。

その部屋に、サイードと別れたナディアは足を踏み入れた。ジャガイモとタイムとミントの匂いがして、それなりにきれいにはしてあったが人の体臭が染みついた簡易ベッドがあるとはいえ、レコードプレーヤーも飾りになる望遠鏡もなく、部屋は貯蔵室のままだった。それでもナディアは故郷の街で愛着のあった自分のアパートメントを思い出し、そこでひとり暮らしをするのがどんな感じだったかを思い出し、初日の夜はまったく眠れず、二日目の夜もきれぎれにしか眠れなかったが、日が経つにつれてよく眠れるようになり、そのうちに部屋を自分の家のように思うようになった。

マリン周辺の地域は、そのころ深く行き渡ったどん底の状態から目覚めつつあるようだった。鬱状態とは、理にかなっていて望ましい自分の未来を想像できないことから生じるものだと言われていて、マリンだけでなく、ベイエリア地域全体、さらにはその周辺の地域でも離れた地域でも、破滅がすでに到来したように思えたが、それは破滅的ではなく変化であり、軋轢は生じたが終末ではなく、人生は続いていき、人々はやるべきことや目指す生きかたやともに生きる人々を見つけ、理にかなっていて望ましい未来はそれまでは想像もつかなかったが、いまでは想像できるようになって姿を現しはじめ、それによって安堵にも似た空気がもたらされていた。

じつのところ、その地域では大きな創造のエネルギーが、とくに音楽において花開きつつあった。それを新しいジャズ・エイジと呼ぶ声もあり、マリン周辺を歩き回れば、あらゆる種類の共演を目にすることができた。人と人、人と電子機器、黒い肌と白い肌ときらめく金属とつや消しのプラスチック、コンピューター音楽、アンプを通さない音楽、さらには仮面をつけたり人目から隠れる人々など。音楽の種類ごとにさまざまな人が集い、そうしたときのつねとして、それまでになかった仲間が生まれ、そうした集まりのひとつで、たくましい腕ときれいな顔立ちをした組合の料理長をナディアは見かけ、彼女もナディアを見て頷きかけてきた。あとでふたりは並んで立ち、歌の合間に少しだけ言葉を交わし、ひと組の演奏が終わっても帰らず、次のセットを聴きながら話をした。

その料理長の目は、ほとんど人間のものとは思えないような、少なくともそれまでのナディアが人間のものだとは思っていなかったような青い色であり、その薄い色は、べつのほうを向いているときに見れば失明しているのかと思ってしまうほどだった。だが、その目で見つめられれば、間違いなく視力があるとわかり、そんな目で見つめられれば何かが体に当たったような力を感じた。彼女に見られることにも、彼女を見ることにもナディアは興奮した。

もちろん、料理長は食べ物には詳しく、それから数週間たち、数か月たつあいだに、ナディアはあらゆる種類の昔の料理と生まれつつある新しい料理の手ほどきをされた。マリンでは世界各地の料理が集まって形を変えつつあり、味見をするには最高の土地であるうえに、配給制が実施されているということはつねに少し空腹であり、手に入った食べ物を味わうにはちょうどいい状態だった。どこかカウボーイを思わせる料理長と一緒にいると、ナディアは人生でかつてなく食事に喜びを覚えた。愛を交わすときの料理長は、しっかりとした手と確かな目、そしてほとんど何もしないがほんとうに巧みな口で愛してくれた。

サイードと説教師の娘も、同じように接近していった。サイードの先祖は奴隷制もそれがこの大陸に残した爪痕も経験していないこともあり、ふたりの交際に対しては周囲の反発もあったが、説教師が説く信仰のあり方がその反発を和らげ、時とともに、サイードがボランティア仲間と仕事をしているおかげで生まれた友情も一役買い、説教師がサイードの国で生まれた女性と結婚して娘を授かったということも手伝って、まだざわつく向きもあったとはいえふたりの交際は受け入れられた。当のふたりにとっても、多くの恋人たちが付き合いはじめたころに感じるように、交際には目新しさとなじみの安心感があった。

朝に出勤してくると、サイードは彼女のそばに行った。ふたりは話をしてちらちらと笑顔を交わし、彼女がサイードの肘に触れることもあり、共同の昼食のときには並んで座り、夕方にその日の仕事が終わると連れ立ってマリンを散歩し、小道やできつつある通りを行き来した。あるときサイードの小屋を通りかかり、あれがぼくの小屋だよとサイードが言うと、その次に通りかかったときには、なかを見てみたいと彼女は言い、ふたりは小屋に入り、ビニールの垂れ幕を閉めた。

説教師の娘は、信仰に対するサイードの姿勢に興味をそそられていた。サイードが広く宇宙を見ていて、星や世界の人々について話をすることも、彼の触れかたもセクシーだと思い、自分の母親、つまりは自分の子ども時代を思い出させてくれる顔立ちも好きだった。サイードにとって、彼女は驚くほど話しやすい相手だった。彼女が人の話をよく聞いて自分でもよく話すこともあったが、それだけではなく、話をよく聞いて自分も話そうという気になれるからだった。サイードは最初から彼女のことをまじまじとは見つめられないくらい魅力的だと思っていた。彼女には言わず、意識して考えることもなかったが、彼女はどこかナディアにとても似ていた。

説教師の娘は、住民投票を求める地元での運動に加わっていた。出身国を問わずひとり一票の原則で選出した議員からなる地域議会をベイエリアに創設するという提案について投票を求める運動だった。その議会がほかの既存の統治機構とどう共存することになるのかはまだ決まっていなかった。当初は道徳的な権威でしかないのかもしれないが、その権威は内容のあるものとなる。投票権を持つに値しないと拒まれてしまう人間もいるようなほかの政体とは違い、その新しい議会はすべての人々の意志から語るのであり、その意志を表せば、より大きな正義として拒まれにくくなるのではないか、という期待がかけられていた。

ある日、サイードは説教師の娘から指ぬきのような小さな装置を見せられた。彼女が心からうれしそうな様子なので、どうしたのかと訊ねると、その装置は住民投票を実現するための大きな一歩で、装置が人と人を区別するので一度きりの投票が確実なものになる、大量に生産されているところだがほとんど経費はかからない、ということだった。サイードはその装置を手のひらにのせ、羽毛ほどの重さしかないことを知って驚いた。

小屋から出ていったとき、ナディアはその日も、その次の日の日中もサイードと連絡を取らなかった。故郷の街を離れてから、それほど長くやりとりが途絶えたことはなかった。別れてから二日目の夜、サイードは電話をかけた。元気にしているか、危ないことはないのかと訊ねるついでに、ナディアの声も聞きたかった。耳に響くその声はなじみがあると同時になじみがなく、話をしていると彼女に会いたくなったが、その気持ちをこらえ、会う約束はせずに電話を切った。次の日の夜、ナディアから、今度も手短な電話があり、そのあとはほとんど毎日ショートメールを送り合うか電話で話をして、最初の週末は別々に過ごしたが、その次の週末には海辺を一緒に散歩することにして、風や砕ける波や波しぶきの音に向かって歩いていった。

その次の週末も、さらにその次の週末も、ふたりは落ち合って散歩をした。おたがいに相手の不在を寂しく思い、新しい場所で心細く、よりどころがなく感じていたため、会うときには悲しみがあった。会ったあと、ナディアが心のなかを引き裂かれるような気分になることもあれば、サイードがそんな気分になることもあり、ふたりともよりを戻すような仕草をする寸前になったが、結局はどちらもそれをこらえた。

そうした場合のつねとして、ふたりの毎週の散歩を中断したのは、空いた時間にほかのことが入ってきたからだった。ナディアには料理長との、サイードには説教師の娘とのことがあり、新しい人付き合いもあった。最初に週末の散歩を飛ばしたときは、ふたりとも身を切られるようにつらく感じたが、二度目はそうでもなく、三度目になるとほとんど平気になり、じきに、月に一度くらいしか会わなくなり、メッセージも電話もないまま数日が過ぎるようになった。

そうした付かず離れずの状態のまま、冬はやがて春になり——といってもマリンでの季節は一日のうちにめまぐるしく変わり、ジャケットを脱ぐかセーターを着るときにしか感じられないこともある——暖かい春から涼しい夏に入っていった。ふたりとも、思ってもいないときに元恋人の新生活をネットで目にするのは避けようとソーシャルメディアでは距離を取り、おたがいのことは気にかけて見守っていたいとは思っていたが、連絡を取り合うことが負担になり、実現することのなかった人生を見せつけられて動揺してしまうのはいやだったため、相手を心配する気持ちも、相手に幸せでいてもらいたいという気持ちも弱まっていき、ついにはまったく音沙汰のないまま一か月が、一年が、そして一生が過ぎていった。


マラケシュ郊外の丘陵地帯、かつてなら王子と呼ばれたかもしれない男と、かつてなら外国人と呼ばれたかもしれない女が持つ豪邸を見渡す場所にあって過疎化しつつある村に、家政婦がひとり住んでいた。その家政婦は言葉を発することができず、ひょっとするとそのせいで村から出ていくことを考えられなかったのかもしれない。眼下にある豪華な家が仕事場だったが、使用人が逃げ出すか移住していくかして前の年と比べ数が減り、その前の年と比べるとさらに減っていたが、彼女は毎朝バスで仕事に行き、給料をもらって生きながらえていた。

家政婦は年寄りではなかったが、夫と娘はもういなくなっていた。夫は結婚してほどなくヨーロッパへ行き、それきり帰ってこないまま、ついには送金もしなくなった。家政婦の母親からは、それはあんたが口をきけないせいだ、結婚前は知らなかった肉体の悦びをあんたが与えて男としての武器を与えてしまったせいだし、あんたは自然の力によって女としての武器を奪われたんだ、と言われた。母親の物言いはきつかったが、家政婦は夫とはそれなりにいい取引ができたと思っていた。なんといっても娘を授かり、大きくなるまでずっと一緒にいてもらったのだ。その娘も扉を通っていったが、戻ってきて訪ねてくれるうえに、そのときには一緒に行こうとも言ってくれる。いやだよ、と家政婦は言った。彼女からすればすべてははかないものでしかなく、自分は乾燥して風の強い土地で石と石のあいだに少しばかり残った土に生えた小さな草でしかなく、世界から必要とされてはいないのだと思っていた。この土地でなら、少なくとも自分を知っている人がいて、受け入れてもらえている。それだけで天の恵みなのだ、と。

家政婦は男の目にとまらなくなる年齢だった。まだ少女だったとき、若くして嫁にやられたときから、彼女は大人っぽい体つきであり、子どもを産んで育てたあとはさらに成熟した体になり、かつては足を止めた男たちに顔ではなく体を見つめられ、そうした目つきに危険を感じ、そして家政婦が口がきけないとわかると男たちの目つきが変わることもわかっていてしばしば用心していたため、もう目を向けられなくなったときにはほっとする気持ちのほうが大きかった。その気持ちは大きく、ほとんど完全なものだったが、完全ではなかった。彼女は人生で自惚れるという贅沢を味わえなかったからだ。それでも、彼女は人間だった。

家政婦は自分の正確な年齢を知らなかったが、働いている邸宅の女主人よりも若いことは知っていた。女主人の髪はまだ黒々として背筋もぴんと伸び、ドレスには魅力を引き立てるために切り込みが入っていた。家政婦がそこで働いていた長い歳月にわたって、まったく歳を取っていないように見えた。遠目からは若い女に見間違えられそうだったが、一方の家政婦がその分の年齢も引き受けたのか倍ほども老け込んでいる様子は、老けるのが仕事であって、紙幣や食べ物と引き換えに時という魔法を渡しているかのようだった。

サイードとナディアが別れてそれぞれの人生に向かうようになっていた夏、ほとんど誰もいなくなっていたその村に、家政婦の娘が会いにきた。夕空の下、母と娘でコーヒーを飲み、赤く染まる土埃が南のほうに上がるのを眺めていると、娘がまた、一緒に行こうと持ちかけた。

家政婦が見つめる娘には夫の面影があり、自分と夫のいいところを引き継いでいるようで、声は家政婦の母親譲りで強く低かったが、口から出てくるのは母親のものとはまったく違い、矢継ぎ早の新しい言葉だった。家政婦は自分の手を娘の手に重ね、口元に持っていってキスをした。唇の皮膚がほんの一瞬子どもの皮膚にくっつき、娘の手を下ろしていくときもまだ、唇はそうやって形を変えるせいで感触が残っていた。家政婦は微笑み、首を横に振った。

いつか行くかもしれない、と家政婦は思った。
だが、今日ではない。

第十二章

半世紀が過ぎてようやく、ナディアは故郷の街に戻ってきた。若かったころに目にした戦火はとっくに燃え尽きていて、都市の生とは人の生よりはるかに粘り強く、より穏やかに循環するため、その街は天国ではなかったが地獄でもなく、なじみがあると同時になじみがなく、ゆっくりと歩き回って探索していると、近くにサイードがいると教えてもらい、ナディアはかなり長いあいだ立ち尽くしていたが、それから彼に連絡をして落ち合うことになった。

ふたりが待ち合わせたカフェは、ナディアが昔住んでいたアパートメントの近くだった。ほかの建物はほとんど変わっていたが、アパートメントの建物はまだそのままだった。テラス席の小さく四角いテーブルに、それぞれが一辺を取る形で並んで座り、時の流れがもたらしたものに対して憐れむような目を向け合ったが、それは相手をはっきりと知っている目でもあった。街の若者たちが通り過ぎていく姿を、ふたりは見守った。歴史の授業で習ったことを除けば、若者たちはかつての日々がどれほど悲惨だったのかをまったく知らなかった。それでいいのかもしれない。

ふたりはコーヒーを啜りつつ話をした。

その会話はふたつの人生を旅していき、大事なことを際立たせたり省いたりしたが、それはダンスでもあった。ふたりはかつての恋人同士であり、一緒のリズムを見つけられなくなるほどおたがいを傷つけたわけでもなかったのだから。カップに入ったコーヒーが少しずつ減っていくにつれて、ふたりは若く、いたずらっぽくなり、もしあなたと結婚することにしていたらどんな人生だっただろうとナディアは言い、もしきみとセックスすることにしていたらどんな人生だったかなとサイードは言い、私たちはセックスしていたでしょうとナディアが言うと、サイードはしばらく考え、微笑むと、そうだな、きっとそうだったんだろうなと言った。

頭上では、暗くなりつつある空を明るい衛星がいくつも通過し、何羽かの鷹が巣に帰っていくところだった。ふたりのまわりを歩く人々は、黒いローブを着たその年配の女と、短いあごひげのあるその年配の男に目を留めはしなかった。

ふたりはコーヒーを飲み終えた。ナディアはサイードに、チリの砂漠に行って星空を見たか、想像していたとおりだったかと訊ねた。サイードが頷き、もし予定がない晩があればきみを連れていくよ、生きているうちに見たほうがいい、と言うと、ナディアは目を閉じ、ぜひ行ってみたいと言い、ふたりは立ち上がって抱き合い、そして別れ、その旅が実現する夜が来るのかどうかは知らないままだった。

訳者あとがき

本書『西への出口』は、パキスタン出身の英語作家であるモーシン・ハミッドが二〇一七年に発表した四作目の長編小説 *Exit West* の翻訳である。

作者名に関して、パキスタンの国語であるウルドゥー語においては、「モフシン・ハミード」という発音が近いようだが（これは京都大学の岡真理さんのご教示による）、作家本人が一貫して英語での創作を行なっていることもあり、英語での発音により近い「モーシン・ハミッド」として、日本でも第二作『コウモリの見た夢』（原題は *The Reluctant Fundamentalist*）が二〇一一年に刊行されている。本作『西への出口』もそれにならっている。

ハミッドは一九七一年、パキスタンのラホールに生まれた。三歳から九歳までをカリフォルニアで過ごしたのち、ラホールに戻り、十八歳でふたたび渡米してプリンストン大学に入学、国際関係学を専攻していたが創作の授業でトニ・モリスンに高く評価され、成績優等の表彰とともに、卒業式ではただひとり自作の朗読を許可されるという栄誉を得ている。その後は法科大学院に進学し、卒業後は経営コンサルティング会社のマッキンゼー・アンド・カンパニーで働くかたわら、休暇を最大限に活用して執筆を続けた。二〇〇一年からはロンドンに生活の拠点を移し、企業ブランディング会社ウルフ・オリンズの管理職と小説家のふたつの仕事を両立させていた。二〇〇九年以降は家族とラホールに戻っているものの、現在はパキスタン、ロンドン、ニューヨークを行き来する生活を送っている。

二〇〇〇年に発表された長編 *Moth Smoke* によって、ハミッドは小説家としてのデビューを果たした。ラホールでのひと夏を舞台とし、パキスタンのエリート層に属する主人公の若者とそのライバル、ライバルの妻とのあいだで繰り広げられる退廃的なドラマが、インドとパキスタンのあいだで高まる軍事的緊張が核戦争を予期させるなかで進行する。大学在学中にトニ・モリスンから直接の指導を受け、その後も繰り返し推敲を重ねたというこのデビュー作は、語り手を次々に交代させる手法と、西欧ではなじみのないパキスタンの階級社会の現状を描く主題とともに、好意的に迎えられた。

続く二〇〇七年の *The Reluctant Fundamentalist* で、ハミッドの知名度は飛躍的に上昇することになる。二〇〇一年に発生したアメリカの同時多発テロを題材に、パキスタン人青年チャンゲーズのテロ前後の体験を、ラホールで出会ったアメリカ人に対して語りかけるという独白の形式で、この小説は進行する。プリンストン大学を卒業してアメリカでエリート街道を歩みかけていたチャンゲーズだが、テロ事件に接したことをきっかけに、アメリカに幻滅してパキスタンに帰国するが、その後も彼はアメリカとパキスタンの文化のはざまでもがき続ける。二十一世紀の国際的な政治情勢と、そのなかで揺れ動く個人の心情を語りのなかで融合させた小説として、同作はベストセラーに名を連ね、リズ・アーメッドやケイト・ハドソンらが出演して二〇一二年に映画化された（邦題は『ミッシング・ポイント』、日本では劇場未公開だが、二〇一四年にＤＶＤ発売）。

その後、二〇一三年には、パキスタンとおぼしき国を舞台にした *How to Get Filthy Rich in Rising Asia* を発表する。貧しい農家に生まれた男が大都市のスラム街に移動し、才覚を発揮して次第にのし上がっていく生涯を、一貫して二人称の語りを用いて描き出し、大都市の喧騒やそこに暮らす人々の描写が高く評価された。それから四年の時を経て発表されたのが、本書『西への出口』である。

『西への出口』の物語は、前作同様に地名を明かさない国の大都市で、サイードとナディアが大学の夜間授業で出会う場面で幕を開ける。サイードは両親と暮らすひとり息子、ナディアは家族から独立してひとり暮らしをしている。信仰から男女関係のあるべき姿まで、さまざまな点で価値観が異なるふたりだが、しだいにお互いに心惹かれていく。

そうして進んでいくふたりの恋愛には、周辺地域から街に流入する難民たちだけでなく、徐々に勢力を増していく武装組織と政府の対立という政治的緊張がつきまとう。ナディアは保険会社、サイードは広告代理店に勤めているが、ついに内戦状態に突入した都市では、原理主義的な武装組織の支配地域が拡大していき、市街戦、空爆、自動車に仕掛けられた爆薬による攻撃が日常化し、生活は次第に困難になっていく。そんななか、「扉」を使ってべつの国に脱出できるという噂が広がるようになる。

ついに「扉」を通ったナディアとサイードは、ギリシャのミコノス島に、そしてロンドンにたどり着く。そこでナイジェリアから移動してきた人々に囲まれて安息を手に入れたと思ったのもつかのま、ロンドンでは排外主義者が勢力を増し、徐々に不穏な空気が流れるようになる。そうした状況において、サイードとナディアの関係にも、ささやかな変化が訪れることになる。

ハミッドの小説においては、個人が人生で出会うさまざまな選択や葛藤に、つねに政治的・社会的な問題が絡み合う。イスラム原理主義勢力の台頭、紛争による大量の難民の発生など、本作『西への出口』は今世紀に一気に噴出した政情不安による大規模な「移動」を背景とする恋愛の物語なのだと言える。そして、そのような状況においてはつねに、移動できる者と移動できない者、移動してきた者とそれを迎える者などのあいだで、いくつもの断絶が生じることになり、サイードとナディアもそれとは無縁ではいられない。

それのみであっても、小説の主題としては十分だっただろう。なんといっても、小説におけるサイードとナディアのキャラクター描写はどちらも魅力的であり、国境を越えて移動するなかでふたりの関係が次第に変わっていく様子のみに絞ったとしても、物語には独特の緊張感が満ちているのだから。ただし、現代社会を分析するエッセイをしばしば新聞などに寄稿し、「現代のグローバル的状況に対する一流の批評家」とも呼ばれるハミッドは、この難民の物語の内部にさまざまな現代的状況を網の目のように張り巡らせている。

ナディアとサイードの生活において、携帯電話やアプリは重要な役割を果たしている。そして、恋人たちを取り巻く紛争が進行していくなかでは、目には見えないドローンの存在感が不気味に増していくことになる。そうしたテクノロジーに彩られた物語は、どこまでも現代的であると同時に、ロンドン周辺に都市が建設される場面の描写など、大きく社会が変容する近未来をさりげなく予告してもいる。そうしたとき、ハミッドの小説は一瞬とはいえSFにも接近している。

それと連動するようにして、この小説では随所で「時間」という主題が追求されている。世界の主要都市の夜景の写真、携帯電話のアプリに映る火星、移民たちの物々交換ならぬ時間と時間の交換など、さまざまな時間の「ずれ」や取り引きなどが、日々進行していく生活の一部をなしていることが描かれている。未来を予測し、それを先取りする——難民や移民たちの移動をめぐって発生する、時間の駆け引きは、物語全体のもうひとつの枠組みとなっている。

同時に、物語それ自体が、すぐれて時間を操作する形式でもあることを教えてくれるだろう。それを実践するかのように、本書ではしばしば長い一文が使われ、ときにはそのなかで視点が交代し、またときには数十年の時間が経過することもある。

長文という手法だけではなく、小説の語りにおいてはしばしば、視点や形式において実験性をさりげなく導入することで知られるハミッドの作風は、『西への出口』においても健在である。

ナディアとサイードが難民となってたどり着くミコノス島やロンドンをはじめとして、物語の中盤からは実在の地名が使われているものの、ふたりの故郷である街の名は伏せられている。そこからの難民としての旅路は、どのような経路や移動手段であったにせよ、相当な苦難があったことは想像できるものの、小説においては「扉」をくぐれば次の場所にたどり着いているという描写しかなされず、移動中の時間は思い切って省略されている。

報道を含むノンフィクションであれ、小説などのフィクションであれ、難民の物語においては、長く厳しい移動の経験は中心となるものだと言っていい。それをあえて物語から排することによって、移動それ自体は「語り得ない」ものとして、逆に際立たせられている。移動する者がどのような経験をしたのか、物語を読む私たちはほんとうに理解できるのだろうか、という問いとともに。

そこには、視点という問題が関わってくるだろう。小説は一貫して三人称の語りを保持し、ナディアとサイードの旅路を追っていくという形式を保っているが、その一方で、その三人称の視点が、移動する人々を監視するカメラやドローンと区別がつかなくなる場面も存在する。移民や難民に「寄り添う」語りの視点が、彼らを見つめ、監視し、ときには取り締まる（もっぱら難民の受け入れ国となった西欧諸国に近い）視線と交錯する、そのような物語空間をハミッドは構築しているのだと言える。こうした文体上の実験は、一種のグローバル小説としての本書の輪郭をさらに際立たせるものになっている。

ふたりの物語に挟み込まれるようにして、『西への出口』には、シドニー、新宿、ドバイのビーチリゾート、アムステルダムなど、移動によって世界各地にたどり着いた人々の姿が登場する。「扉」は世界中に張り巡らされた移動のネットワークであり、多様な人々がそれぞれ違うものを求めてそこを通っていく。ナディアとサイード、ふたりの経験は、そうした無数の人々の一部として提示されている。

物語としては無駄な要素を削ぎ落とした、機能美とも言えるような印象を与えながら、これらの現代の「移動」にまつわる多様な要素や現代社会への洞察を含み込み、高い完成度を誇る小説として姿を現した『西への出口』には、発表当初から多くの称賛が寄せられた。二〇一七年のニューヨーク・タイムズのベスト・ブックスに選出され、マン・ブッカー賞の最終候補になったほか、翌二〇一八年の文学賞候補作リストにも名を連ね、全米批評家協会賞、英国SF協会賞の最終候補作となり、同年に創設されたアスペン・ワーズ文学賞の第一回受賞作となった（そのほかの候補作には、ジェスミン・ウォードの *Sing, Unburied, Sing*、レスリー・ンネカ・アリマーの *What It Means When a Man Falls from the Sky* などがある）。

こうした多面的な小説を訳すにあたっては、あまり余計なことは考えず、なるだけ素直に翻訳に取り組むことにしたが、二点ほどは訳者が介入する形になった。まず、本作の文体面での特徴である長い一文についてできるかぎり尊重して日本語でも一文で訳出しているが、ところどころで日本語としての読みやすさを考慮して文を分けている。また、ナディアの描かれ方には、いわゆる「女ことば」がそぐわないと考え、なるだけ女ことばを使用しないという方針を採った。とはいえ、こうした作業によって、スタイリッシュなこの小説の語りがどれだけ再現できているかは、読者のみなさんの判断を仰ぎたい。

　そもそも本書を翻訳できることになったのは、企画段階では新潮社出版部の佐々木一彦さんが支えてくださり、訳文のチェックなど校正の段階からは同じく出版部の田畑茂樹さんが細やかにサポートしてくださったおかげである。おふたりに深く感謝申し上げます。また、本書の前半部分については、同志社大学文学部英文学科の二〇一九年度ゼミ生たちからいろいろな案をもらう機会があった。どうもありがとうございました。

　最後に、僕の家族に感謝を。この小説の翻訳に取り組んでいるあいだには、物語の内外でさまざまな迷いや悩みが生じた。そのときも、その後もずっと僕にとってこの上ない支えになってくれた最愛の妻・河上麻由子と、立派なフェミニストに育ちつつある娘に、愛と感謝をこめて、本書の翻訳を捧げたい。

二〇一九年十月　京都にて

藤井光

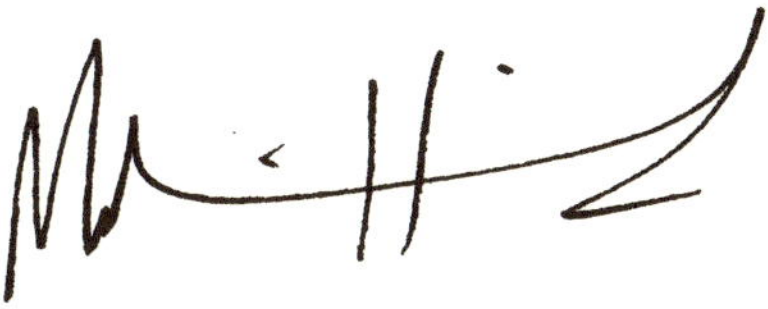

EXIT WEST

Mohsin Hamid

西《にし》への出口《でぐち》

著者

モーシン・ハミッド

訳者

藤井　光

発行

2019年12月20日

発行者　佐藤隆信

発行所　株式会社新潮社

〒162-8711 東京都新宿区矢来町71

電話 編集部 03-3266-5411

読者係 03-3266-5111

https://www.shinchosha.co.jp

印刷所

株式会社精興社

製本所

大口製本印刷株式会社

乱丁・落丁本は、ご面倒ですが小社読者係宛お送り下さい。
送料小社負担にてお取替えいたします。
価格はカバーに表示してあります。

ISBN978-4-10-590162-2 C0397

戦時の音楽

Music for Wartime
Rebecca Makkai

レベッカ・マカーイ
藤井光訳
往年の名ヴァイオリニスト。サーカスの象使い。
大学教授になりすますシェフ。
音楽と戦争、幻想と歴史が、互いに交錯し響き合う——。
短篇の名手による17の物語。

CREST BOOKS